당신이 아프면 나도 아프다

한국수력원자력 사장이 된 신문배달 소년의 성공과 눈물,
험한 세상, 가혹한 시대에 항상 현장에서
함께 고민하고 아파한 이야기

정재훈 인생 에세이

visionKP

정재훈의 인생 에세이

당신이 아프면 나도 아프다

초판 1판 1쇄 발행 2024년 3월 27일

지 은 이 정재훈
발 행 인 이종진

펴 낸 곳 비전케이피
주   소 서울시 중구 충무로29 아시아미디어타워 705호
등   록 2023년 7월 14일 제 399-2023-000061호
문의전화 010-5544-9841
이 메 일 tigerdaddy@hanmail.net

ISBN 979-11-984577-2-1 03800
값 20,000원

첫 장을 열며

일의 시작과 끝,
소통과 공감

공직에 몸담고 있으면서 신념처럼 여긴 게 있다. 발을 땅에 딛고 있어야 한다는 것이다. 이 말은 책상 앞에서 문제를 해결하려고 할 것이 아니라 현장에 가서 보고 듣고 그걸 바탕으로 해결책을 찾아야 한다는 뜻이다. 그래서 나는 늘 현장 속에 있었다. 지역균형발전제도에 대한 의견을 듣기 위해 지역 소재 대학생들과 자전거를 타고 전국을 돌았고, 소상공인, 재래시장 상인, 슈퍼마켓 운영인, 도매업체 종사자들의 애로 사항을 들을 때는 전통시장을 돌며 그분들과 술잔을 기울이기도 했다. 한국수력원자력에서 사장으로 재임할 때는 협력업체를 적극적으로 지원하기도 했다. 영세한 협력업체가 무너지지 않고 잘되어야 한국수력원자력도 발전할 수 있어서였다.

이런 현장 중심 마인드는 정책과 제도 실현에서 많은 성과를 얻었고 강원도 '노바디'라며 주목조차 하지 않던 이들의 신임을 얻게 됐다. 그리고 어려운 현안들을 해결하는 과정에서 해결사라는 별명을 갖기도 했다. 상공부(현 산업통상자원부)에서는 '독일병정'으로 통하기도 했는데 직무를 처리할 때 무엇보다 원칙을 중요시하고 그것을 지켰기 때문이다. 하급직일 때도 상급의 부당한 지시가 있거나 외압 혹은 청탁이 들어와도 거기에 흔들리지 않았고, 주요 직책에 있을 때는 국가에 필요한 사안일 경우 그것을 관철시키기 위해서 대통령을 만나 설득하기도 했다.

물론 원칙을 중요하게 여기고 시작한 일에서 끝을 보는 스타일이었지만 내 마음속에는 늘 '사람'이 있었다. 좋은 정책을 만들고 필요한 제도를 만드는 것은 결국 국가가 잘되기를 바라고 또 그 국가는 국민을 위해 있는 것이고 국민은 행복할 권리가 있기 때문이다. 결국 나는 국민, 사람의 행복을 위해서 원칙을 지키며 일에서 성과를 내려고 했다. 그리고 틈이 날 때마다 직무와 관련된 사람들을 만나 그들의 이야기를 청취했다. 그래서 내 손에서 탄생한 정책과 제도는 소통과 공감의 결과물이기도 하다.

나는 사람의 마음을 얻을 수 있어야 기업도 단체도 정치도 지속 가능하다고 생각한다. 사람의 마음은 어떻게 얻을 수 있을까? 해답은 소통과 공감이다. 기업도 그렇고, 행정도 그렇고, 정치도 결국 소통이 시작이자 끝이다. 모든 소통이 쉽다면 세상일이 그렇게 복잡하지 않을 것이다. 모든 일은 언제나 이해관계가 얽혀 있고 때에 따라서는 극심한 대립과 갈등을 품고 있기도 하다.

소통을 통해 공감을 얻어 나가는 과정은 늘 마음을 열고 역지사지의 자세로 임해야 한다. 내가 만나는 사람이 사익으로 눈이 어둡거나 금전적 손익을 감추고 있으면서 겉으로는 그럴듯한 명분을 내세우는 경우도 많다. 어떨 때는 권력기관을 등에 업고 협박하기도 하고 고소 고발을 남발하기도 한다. 설령 그렇더라도 내가 쓸 수 있는 시간과 가용 자원을 최대한 활용하고, 손해를 감수하겠다는 자세를 견지하다 보면 부정적이었던 사람들 너머로 빛이 비치기도 한다. 그리고 그 빛은 나를 바른길로 인도한다. 나는 공직에 있으면서 그런 경험을 숱하게 했다. 앞이 보이지 않는 상황에서 신의 선물처럼 어려운 일이 풀려가는 경험을 무수하게 만났고, 그것을 경험한 뒤로는 사람의 마음을 얻는 게 모든 일의 시작과 끝이라는 것을 확신하게 되었다.

정치도 마찬가지라고 생각한다. 따뜻한 공동체를 만들고, 한반도를 평화 체제로 전환하기 위해서는 그 과정에서 국민의 동의가 이루어져야 한다. 나는 공직과 공기업에서 수없이 많은 정책과 제도를 만들고 처리했다. 그것을 진행하는 과정은 쉽지 않았지만 얻는 것도 많았다. 대표적인 것이 경험과 사람이었다. 40여 년 동안 일하면서 정치인, 정부 요직에 있는 분들, 대기업 관계자 등도 많이 만났지만, 우리 사회의 근간이면서도 목소리를 내기 어려운 중소기업가, 소상공인과 자영업자, 근로자, 여성과 청년, 예술가, 사회사업가와 같은 분들을 만났고, 이분들의 이야기를 가까운 곳에서 밀도감 있게 들을 수 있었다. 그때의 경험을 바탕으로 이제는 소통하고 공감하는 정치, 따뜻한 정치, 먹고 살게 해주는 정치를 만들고 싶다.

　이 책은 그런 생각을 가지고 정리한 글, 그동안 신문에 기고한 글, 칼럼 형태로 쓴 짧은 글들을 모은 것이다. 부당한 일들에 대한 단상, 소통과 공감의 현장 사례, 현안으로 인한 난관을 극복해 가는 과정, 시기마다 이슈가 되었던 것과 관련된 글 등이 실려 있다.

　내 삶의 대부분을 보냈던 현장을 떠나 새로운 영역으로 나가는 문 앞에 서 있다. 새로운 세상으로 향하면서 두려운 마음도 있는 게 솔직한 심정이다. 그러나 한편으로는 그동안 공직에서 보여주었던 태도와 성과가 힘이 되어줄 것이고, 그래서 그것을 믿고 나아가려고 한다. 내가 항상 강조하는 것은 사람이 하는 일에는 그 사람의 삶의 지향점과 정체성이 깃들어 있다는 점이다. 나는 지금껏 소통과 공감이라는 주제를 실천하며 살아왔다. 앞으로도 나의 이런 중심 과제는 더 큰 세상을 향해 나가는 지침이 될 것이다.

　이 책이 나오기까지 수고해 준 모든 분에게 감사드린다. 특히 어려운 길을 선택한 나를 끊임없이 격려해준 나의 영원한 동반자 아내에게 고마움을 전한다.

2024년 3월

정 재 훈

Chapter 1

발을 땅에 딛고_
우리 산업의 최전선에서

산업·에너지 강국을 위한
발판 마련

30여 년의 공직생활 대부분을 현 산업통상자원부에서 지냈다. 재직 기간 동안 산업과 중소기업, 에너지와 관련한 실무경험을 수 없이 쌓았고 그러한 점을 인정받아 2013년 제2대 한국산업기술 진흥원(KIAT) 원장으로 취임하게 됐다.

나는 취임 첫날부터 현장과의 소통을 강조했고 퇴임하는 마지막 날까지 현장과의 협업에 최선을 다했다. 중소기업과 중견기업 1인 1사 기업지원 서비스인 프랜드 컴퍼니 프로젝트를 추진해 많은 호응과 높은 성과를 끌어냈으며, 산학연네트워크포럼, 기술사업화 협의체 신설, 지역사업 옴부즈만 도입 등 현장과 소통하고 협업체계를 만드는 데 온 힘을 다했다. 지금이야 이렇게 간략하게 요약할 수 있는 그 일이 결코 쉽지 않았다. 특히 현장과 소통하지 않으면 안 되는 일이었다. 그래서 그러한 일을 진행하면서 항상 강조한 말이 있다. '발을 땅에 딛고 일하자'가 그것이다. 아무리 취지가 좋은 정책이라 하더라도 현장과 맥이 닿아 있지 않으면 소용이 없어서였다.

취임 이듬해인 2014년에는 한국전력을 포함한 에너지 분야 10

개 공기업과 '에너지 분야 기술이전 및 사업화 지원을 위한 공동 협력'을 선언하여 에너지 자립과 함께 에너지 강국이 되기 위한 발판을 마련하였다. 2015년에는 한국전력, 한국벤처투자와 '에너지신산업펀드'를 출자하였는데 에너지신산업 창출을 위해 500억 원 규모의 펀드를 결성하였다. 이 사업을 추진할 당시, 정부는 기후변화 위기를 새로운 성장 기회로 보고 그것을 활용하기 위해 에너지신산업을 발굴·육성하고 있었는데 그런 흐름에 대응해 발 빠르게 움직였다는 평가를 받기도 했다.

2016년에는 녹색에너지연구원 등 6개 기술사업화·에너지 유관기관과 함께 에너지밸리 입주 기업의 '에너지신산업 생태계 조성을 위한 협력 채널 및 교육과정 구축 업무협약'을 체결하였다. 그 외에도 한국산업기술진흥원 원장으로 재임하는 동안 굵직한 에너지 관련 사업들을 추진하였다. 우리나라가 신재생에너지 산업을 발전시킬 수 있는 입지를 단단하게 다지는 데 큰 역할을 했다고 자부할 수 있다.

내가 일구었던 성과는 그것뿐만 아니었다. 취임 때부터 재임 기간 내내 산업과 에너지 분야를 가리지 않고 '일자리 창출'을 최우선 목표로 삼았다. 일자리 창출을 최우선 목표로 한다고 하자 처음에는 주변에서 의아한 시선을 보내기도 했다. KIAT는 기술 지원기관인데 그런 곳에서 일자리를 이야기한다는 게 이해되지 않아서였을 것이다. 내부에서도 술렁거리는 목소리가 나올 정도였다. 지금이야 일자리 창출이라는 게 보편적인 개념이 되었지만,

당시에는 사회적인 인식보다 앞서 있던 이슈였다. 대내외적으로 쉽게 동의하지 않았지만 내 생각은 달랐다. 우리가 일하는 이유는 조직의 발전도 중요하지만, KIAT는 우리와 연결되어 있는 중소기업, 벤처기업, 중견기업이 잘 되게 하는 것이었다. 그렇게 하기 위해서는 KIAT도 기업들이 새로운 일자리를 창출할 수 있게 함께 방법을 모색하고 지원할 의무가 있었다. 그래서 나는 재임하는 동안 〈희망 이음 프로젝트〉, 〈K-걸스데이〉와 같은 취업 지원사업을 운영하였다. 이들 지원사업은 지역 학생들에게 그 지역의 우수한 중소·중견기업을 소개해 주는 프로그램으로 두 사업 모두 해마다 기업과 학생들의 적극적인 관심 속에서 진행되었고, 성과도 있었다.

KIAT 원장 시절 기업을 지원하는 업무에 전념했다.
사진은 '산학연네트워크포럼' 행사 장면

중소기업청의
탄생

우리나라에서 기업 정책이 첫선을 보인 것은 1960년 상공부 내에 중소기업과가 설립되고 1966년 중소기업기본법이 제정되면서부터다. 중소기업과에는 행정수요가 수없이 밀려들었지만 그것을 처리할 수 있는 행정 단위가 아니어서 2년 만에 중소기업국이 만들어졌고 그에 따라 법과 제도적 기반이 갖춰지게 되었다.

모든 정책이 그렇듯이 중앙정부에서 정책적 방향을 제시한다고 해서 그것이 현장까지 일사천리로 확산이 되지는 않는다. 각도와 기초 자치단체가 지원 조직을 만들고 조례를 제정하거나, 정부의 방침을 전문적으로 수행하는 공단과 공사가 설립되어야 비로소 수요자인 중소기업이 새로 만들어진 정책의 혜택을 누릴 수 있게 된다. 민간과 공공 부문의 대표적 중소기업 지원기관으로 중소기업협동조합중앙회와 중소기업진흥공단을 들 수 있는데 이들은 각각 1962년, 1979년에 설립되어 중소기업과 관련한 행정과 정책 집행의 양대 축을 형성하게 되었다.

흔히 중소기업 정책이 공정한 납품 거래 질서 확립, 전문적인
중소기업 영역 보호, 그리고 중소기업의 역량 강화를 위해 도
입되었다고 말하곤 한다. 하지만 '하도급법 시행', '단체 수의계
약', '고유업종', '각종 금융 및 세제 지원'의 내용들은 원칙대로
움직이지 않았고 이해 관계자들에게 휘둘리기 일쑤였다. 특히
1980~1990년대에는 정책을 제대로 집행하기 어려울 정도로 외
부 청탁과 압력이 많아 상공부 중소기업국은 실무자들의 기피
부서로 전락하고 말았다.

모든 역사는 사람이 만들어 낸다.
소통과 공감 능력이 강조되는 이유는 사람이 가장 큰 자산이기 때문이다.

1980년대는 중화학공업 시책들이 초기의 부작용을 극복하고
업종별 대책들이 나름대로 체계를 잡아가던 시절이었다. 전자산
업, 반도체산업, 자동차산업, 석유화학산업, 조선산업, 기계산업
등은 당시 한국을 대표하는 업종이었고, 이를 담당하는 공무원
들도 선도기업, 그중 대기업들과 머리를 맞대고 밤샘 작업을 하
곤 했다. 나는 1980년대 초에는 전자산업 담당 부서에서, 1980

년대 말부터는 통상진흥부에서 근무했다. 그래서 새로운 정책 영역을 기획한다는 생각으로 1990년대 초에 스스로 중소기업국 을 선택해 근무하기도 했다.

그런데 1993년에 도입한 금융실명제 여파로 많은 중소기업이 경영난을 겪게 되었다. 또한 WTO 협정 가입, OECD 가입 등으로 단체 수의계약, 고유업종도 원래의 모습과 다르게 바뀌었다. 이런 환경 변화로 당연히 현장은 아비규환이 되었고, 곤란해진 중소기업들이 정부 정책에 항의하기 위해 과천 상공부 사무실을 기습 방문하여 우리 부서는 정상적으로 업무를 보기 힘들었다. 야당에서는 김대중 총재가 중소기업부 설치 필요성을 언급하기 시작했고, 중소기업 단체들은 매일같이 항의 집회를 이어나갔 다. 결국 1996년 2월 김영삼 대통령의 특별 지시로 중소기업 전 담 단일 행정 조직인 중소기업청이 설립되게 됐다.

이러한 과정을 통해 중소기업을 전담해서 지원할 중소기업청 이 설립되었으나 한계도 있었다.

1996년 1월 2일 새벽에 집으로 전화 한 통이 걸려 왔다. 청와 대 특별 지시가 하달되었는데, 공업진흥청을 발전적으로 해체 하여 최단기간 내에 중소기업청을 설립하라는 내용이었다. 나 는 아침 일찍 출근한 뒤 시무식에도 참석하지 못하고, TF(Task Force)팀을 꾸려서 중소기업청 설계를 위한 뼈대를 마련하기 시 작했다. 준비 과정에서 기능별 조직과 업종별 조직 중 어느 쪽을

택할 것인지가 가장 큰 논란이었지만, 중기청 지원 조직으로 어떤 기관을 편입시킬지도 초미의 관심사였다.

초기에 검토된 안에는 중소기업은행, 신용보증기금, 기술신용보증기금 등이 모두 중기청 산하로 이동하기로 되어 있었으나, 여러 이유로 모두 무산되고 말았다. 결국 중소기업청의 초기조직은 업종별 구분을 주축으로 기능별로 정책국과 유통이 추가되는 타협안이 채택되었다. 이렇게 중소기업청 설립안이 완성되었으나 초기 진단 과정에서 중소기업 지원행정을 경험해 본 사람들이 거의 없어서 개청 직후, 내가 신임 청장을 제외한 모든 직원을 대상으로 한 중소기업 정책 특강을 맡게 되었다. 교양 교육이 아니라 곧 맞닥뜨리게 될 업무에 관한 특강이라서 그런지 모두가 긴장하며 내용 하나하나에 집중했다.

많은 기대를 안고 중소기업청이 출범했지만 사실 제대로 된 정책적 노하우와 인프라가 없었다. 그래서 중소기업들이 요청한 문제 해결 요구에 검토 중이라는 답변을 계속할 수밖에 없었고, '중기청' 대신 '검토청'이라는 오명을 입기도 했다. 그런데도 중기청 직원들의 헌신적인 노력과 각 시도에 설치한 지방 중소기업청의 현장 밀착형 대응으로 조금씩 중소기업인들의 마음을 얻기 시작하였다.

나는 중기청 설립 과정에서 TF팀의 핵심 역할을 했다. 다른 구성원들과 손발을 맞춰가며 중기청 개청의 산파 역할을 담당했

다. 하지만 실제로 중기청에 파견 근무를 가거나 이직하지는 않
았다. 상공부 본부에 할 일이 더 많았고, 또 법령 재정권 등 최상
의 정책 기능이 본부에 남아있어서였다.

그러나 불행하게도 WTO 협정, OECD 가입에 따른 후속 조치
로, 이른바 세계화 열풍이 불면서 기존 중소기업 정책의 보호막
들이 사라지게 됐고, 첫발을 뗀 중소기업청도 그런 외풍에서 안
전할 수 없는 상황이 됐다. 더구나 김영삼 대통령이 OECD 가입
추진을 위해 원화 환율을 높게 유지했는데 그 결과는 참담하기
짝이 없었다. 많은 산업에서 우리나라가 경쟁력을 잃게 되었고,
금융실명제로 쌓아놓은 우리 경제의 신뢰도 역시 각종 금융사고
로 빛을 잃고 말았다.

국내 경제 사정이 어려워지자 제일 먼저 일본 금융 회사들
이 자신들의 DNA를 드러내 보이며 일본으로 달아났고, 그것
은 IMF 외환위기의 도화선으로 작용하였다. 몇 해 전 아베를
비롯한 일본 정권 실세들이 2차 세계대전 때 저지른 만행에 대
해 사죄하기는커녕, 한국 경제를 압살하기 위해 벌인 경제제재
와 1997년의 줄행랑 사건은 한 묶음으로 볼 수 있을 것이다. 다
만 2019년에 있었던 일본의 한국에 대한 수출 규제는 두고두고
일본 반도체 소재 생태계를 스스로 무력화시키는 결과로 나타날
것이고, 언젠가는 삼성을 비롯한 한국 반도체업계에 무릎을 꿇
게 될 것이다. 그러나 그렇게 되기 위해서는 우리 스스로가 끊임
없이 노력하고 또 노력해야만 한다.

중소기업 정책 이야기

1997년 12월 우려했던 IMF 외환위기가 닥쳤다. 그때는 실제 이상으로 부풀려졌다는 우리 경제의 허상과 금융사기에 가까운 일부 금융기관의 회사채 남발, 외국계 금융기관의 썰물 같은 자금 회수가 맞물렸다. 그러면서 우리 경제는 1960년대 경제개발 계획이 수립된 이후 최대의 위기를 겪게 되었다. 거리엔 해고당한 사람들이 넘쳐났고, 대학 졸업생들은 일자리를 찾기 어려웠다. 벼랑 끝에 내몰린 중소기업인 중에는 극단적인 선택을 한 이도 있었다.

한편에서는 산업부(구 상공부)와 중소기업청이 어려운 시기에 제 역할을 못 한다는 지적도 심심치 않게 있었다. 그 여파는 나에게도 미쳤다. 나는 산업진흥과장으로 내정되어 있었는데 졸지에 중소기업청의 최고 핵심 보직이었던 경영지원국 자금지원과장으로 발령이 났다. 본부에서는 지뢰밭에 무엇 하러 가느냐는 이야기가 많았다. 또 청 단위 기관이 대전으로 이전할 가능성이 컸던 터라 집에서도 반대가 심했다. 그러나 비록 초임 과장급이었지만 본부 내에서 중소기업지원 행정경력이 가장 많고, 중기청을 직접 설계한 실무자였고, 무엇보다 재정경제부와 기획예산처, 중소기업 유관기관과의 네트워크가 탄탄했던 나는 자의 반 타의 반으로 중소기업청으로 갈 수밖에 없었다. 그때 당시 중소기업청의 인적 구조가 취약했던 점을 감안, 본부 내에서 고시 출신 고참 사무관 5명을 섭외하여 팀을 만들어 중소기업청 안에 자리를 잡았다. 그러고는 중소기업청 5개국의 정책과에 이들을 한 명씩 배치하여 정책 보고서를 취합하도록 했고, 언제든지 토론이 가능한 분위기를 만들었다.

내가 소방수를 자처하며 중기청을 선택했지만, 중소기업 지원 정책체계를 잡아나가는 과정에서 안팎의 많은 저항에 시달려야 했다. 중소기업인들에게 다가가기도 전에 낙하산 논쟁이 벌어지는가 하면, 문제가 있어서 쫓겨 왔다는 유언비어까지…. 차마 입에 올리기 힘든 소문까지 만들어 내는 사람도 있었다. 그러나 시간이 지나면서 재정경제부와 기획예산처의 국·과장들이 금융·세제 지원을 도와주었고, 지역 신용보증재단 설립, 비실명 장기채 발행, 소상공인 전담 재정금융지원제도 신설, 중진공 직접대출 시행, 연합채권 발행 등을 연속적으로 도입하자 비판 대신 지지와 성원을 보내주는 이들이 늘어났다. 무엇보다도 공직 내부에서 나온 목소리가 아니라 중소기업 업계에서 여러 경로를 통해 보여준 격려가 정말 크나큰 힘이 되었다.

내가 많은 제도를 성공적으로 도입해서 중소기업의 애로를 풀어주는 데 크게 기여한 것은 맞지만, 모든 것이 그렇듯이 나 혼

자 이룬 것은 하나도 없었다. 언제나 보이지 않는 곳에서 손을
내밀어 준 이들의 음덕으로 짧은 시간 내에 IMF 외환위기의 상
처를 회복하는 데 보탬이 되었을 뿐이다. 비록 위험을 무릅쓰고
깃발을 들고 나선 것은 나였지만 국회, 재정경제부, 기획예산처,
산업부, 국세청, 관세청, 산업은행, 중소기업진흥공단, 중소기업
중앙회, 상공회의소 등에서 도와주지 않았다면 그 많은 일을 한
꺼번에 진행할 수 없었을 것이다.

  우여곡절을 겪으며 2년 동안 중소기업청의 자금지원과장으로
서의 역할을 나름 성공적으로 마치고 산업부로 복귀했다. 그런
뒤 신설된 전자상거래과장을 맡아 또다시 해결사 역할을 시작하
게 되었다.

더 낮은 곳을 향하여, 유통 상생 협력

2010~2012년 사이에 서민경제와 관련하여 가장 큰 이슈는 대형마트와 SSM(대형 유통기업에서 체인 형식으로 운영하는 슈퍼마켓)의 무분별한 골목상권 침투로 기존 재래시장과 슈퍼마켓 상인들이 큰 피해를 본다는 것이었다. 물론 지금은 온라인 매출 급증으로 대형마트가 흔들리고 있고 SSM의 확산도 멈추었지만 그때는 사회적으로 큰 이슈였다. 그것을 보면 격세지감이 느껴진다.

당시 유통산업발전법만으로는 대형 유통기업의 경제적 행위를 제한하기 어려웠다. 특히 외국인투자기업인 홈플러스는 사사건건 WTO 규정을 들어 신규 규제 도입 시 통상 분규로 이어질 수 있다는 입장을 공공연하게 내세웠다. 반면 당시 국회 산업위원회에서는 국내 소상인 보호가 우선이라며 유통발전법 개정안을 만지작거리고 있었다. 유통산업의 주무 부처였던 산업부는 고심할 수밖에 없었다. 나는 산업정책국장 시절부터 국내 유통구조 개선을 위해 물류시스템 개선과 시범사업을 추진했지만 전체적인 게임의 룰을 바꾸지는 못했다.

 2012년 봄 선임 차관보인 산업정책실장으로 본부에서 근무
하게 되었는데, 나는 유통산업구조의 근본적 대책 마련을 첫 번
째 과제로 꼽았다. 당시만 해도 대형마트는 여러 도시의 부도심
에 확장 일변도의 경영 원칙을 고수하고 있었고, 골목상권에는
SSM을 밀어 넣고 있는 형국이었다. 해결을 위해 간담회 자리를
마련했지만, 산업부와 대형마트 간의 간담회는 번번이 겉돌았
다. 재래시장이나 슈퍼마켓을 대표하는 이들을 만나면 정치권에
줄을 대어서라도 고강도 규제를 도입하고 싶어 했고 그것 외에
는 관심이 없었다. 그만큼 위급하고 간절했기 때문이었을 것이
다. 다행히 시간이 지나면서 제3의 대안을 제시하는 산업부 목
소리에 귀를 기울이는 상인 대표들이 늘어나기 시작했다.

 협상의 물꼬를 튼 것은 현장으로 직접 찾아갔던 산업부의 노력
이었다. 재래시장 상인들은 현장을 찾는 산업부의 태도를 신기
해하며 마음의 문을 열기 시작했다. 그때 당시 상인들 말에 따르
면 중앙부처 고위 관료가 시장을 찾아다니며 자신들의 애로 사
항을 일일이 경청하는 모습은 처음 있는 일이라고 했다. 나는 5
개월이라는 목표를 정한 뒤 재래시장과 문제가 크다고 생각했던
SSM 출점지역을 권역별로 나누어 차례로 방문했다. 방문해서는
상인들과 막걸리를 마시며 여러 가지 이야기를 나누었다. 그 과
정에서 최대한 상인 편에서 생각하고, 대형마트와 만나서 대안
을 만들어 보자고 설득했다. 또한 대형마트와 협의를 진행하는

동안에도 상인들에게 손해 볼 일은 없을 것이며, 여러 의제를 놓고 취사선택하면 된다고 강조하였다.

상인들과 대화하는 다른 한편으로는 대형마트 경영자들을 개별 접촉하였다. 그 대표 격인 홈플러스 경영자를 만나 재래시장, 슈퍼마켓의 상인들과 큰 틀에서 협의를 시작하자고 요청했다. 또 자율협약방식의 상호 노력이 불필요한 과잉 입법과 통상마찰을 예방하게 될 것이라 통보하였다. 그렇게 최후통첩해놓고 대형마트의 답을 기다리면서 혼자 속을 끓였다. 마침내 2주가 지나서 대형마트 측에서 상인들을 만나보겠다는 연락이 왔다. 우리나라에서는 처음으로 대형마트 대표자들과 재래시장, 슈퍼마켓, 체인협동조합 대표들이 한자리에 모여 자율 규제방안을 논의하기 시작하였다.

물론 쉽지 않았다. 회의가 여러 번 난관에 봉착하였고, 그 때문에 전체회의와 실무회의를 분리해서 진행해야 했다. 나는 파국을 막기 위해 대형마트 측의 결단을 촉구하였다. 그 와중에 슈퍼마켓연합회 내부에서는 협상 무용론이 나오기도 했다. 그동안의 노력에도 불구하고 원점으로 돌아갈 위기 상황이었다. 그러나 모두가 같은 꿈을 꾸면 그 꿈이 실현되듯 마침내 실질적인 자율규제기능을 갖춘 유통상생협의체가 2012년 9월 탄생하게 되었다.

유통상생협의체는 실무회의를 통해 대형유통기업으로부터 대형마트나 SSM의 신규 출점 계획 등을 제출받아 추진 여부를 계속 검토했다. 그 과정에서 출점 계획을 유보하거나 연기 혹은 변경하는 사례가 나오면서 탄력을 받게 되었고, 말 많은 우리나라의 유통 분야에서도 상생이 가능하다는 것을 보여주었다. 그리고 2013년 3월에 유통상생협의체는 전체 유통단체를 아우르는 한국유통산업연합회로 재출범하게 되었다.

나는 유통 분야 현장을 다니면서 상인들과의 소통, 공감을 통해 서로 조금만 양보하고 노력하면 세상을 점차 바꿔나갈 수 있다는 점을 배웠다. 이후 다른 업무를 맡더라도 그때 시작한 재래시장 지원사업을 계속했다. 한국수력원자력 사장으로 재직하던 중에도 본사가 있는 경주는 물론이고 전국 각지의 전통시장에서 틈틈이 장을 보곤 했다.

재래시장을 자주 찾는 이유는 재래시장 상인들의 어려움을 조금이라도 덜어주기 위해서고, 한편으로는 재래시장에 가면 어렸을 때 내가 자란 강원도 춘천에서 느꼈던 훈훈한 정을 다시금 느낄 수 있고, 우리의 전통문화를 맛볼 수 있어서다. 지금은 한국수력원자력 사장 자리에서도 물러났지만, 아내와 함께 여전히 재래시장을 즐겨 찾고 있다.

요지부동 휘발유 가격을 흔들다,
알뜰주유소

2000년 들어 슬금슬금 오르던 국제유가는 2008년 정점을 찍은 뒤 미국발 금융위기로 일시 하락하였다. 그러다가 2009년 하반기부터 다시 오르기 시작해 2014년까지 오름세가 계속되었다. 문제는 두바이유 기준으로 배럴당 100불을 훨씬 넘던 유가가 2008년 하반기부터 2009년 하반기까지 거의 반 토막이 되었지만, 국내 휘발유 가격은 하락하는 모양만 갖출 뿐 도무지 떨어질 줄 모른다는 거였다. 당연히 사회적으로 유가 인하 압박이 시작되었고 정유사들은 정부의 협조 요청으로 기간을 정해 일부 인하하였지만 역시 흉내 내기 수준을 벗어나지 못했다. 그렇다고 시장경제 체제하에서 예전처럼 주유소의 휘발유 가격을 고시로 정할 수도 없는 노릇이었다.

나에게 에너지자원실장으로 가서 몇 가지 숙제를 해결해 달라는 장관의 요청이 있었다. 해결해야 할 숙제 중 하나는 석유유통구조 개선을 통한 국내 휘발유 가격 인하 유도였다. 국제유가 상승분을 반영하여 올라간 휘발유 가격 인상분이 국제유가가 떨어진 이후에도 인하되지 않는 것은 문제였기 때문이다.

유가 인하에 대한 사회적 분위기가 거세지자 정유사와 주유소는 가격을 인하하지는 않고 서로 책임을 전가하였다. 또한 정유사는 휘발유 가격 결정요인이 복잡하고 상세한 내용은 영업비밀이라 공개할 수 없다고 했다. 주유소 대표들도 유가 인하에 관한 자신들의 입장을 피력하였는데 정유사와의 갑을 관계 때문에 소매가격 책정이 협상으로 이루어지지 않고 일방적인 지시 또는 협조 요청이라는 명목하에 이루어진다고 했다.

이런 문제를 한꺼번에 해결하기 위해서는 별도의 유통채널을 만드는 수밖에 없었다. 그렇게 해서 태어난 게 대안 주유소였고 나중에 공모를 통해 '알뜰주유소'라는 지금의 명칭을 얻게 되었다. 유통채널을 만드는 것은 어렵지 않았지만, 실제 필요한 수준의 휘발유와 경유를 공급할 수 있는 공급선을 찾는 게 제일 어려운 일이었다.

그래서 초기에는 농협이 시행하고 있던 유류 공동 구매사업을 통해 알뜰주유소에 필요한 물량을 포함해서 공급받도록 했다. 이후 물량이 늘어날 것에 대비하여 S사가 첨가제를 추가해서 휘발유를 공급할 수 있는 체계를 갖추도록 하였다. 그것도 부족할 경우 환경기준치 만족을 조건으로 한 수입도 검토 대상에 올려놓았다.

이 계획이 발표되자 정유사 반발이 굉장했다. 절대로 성공할 수 없는 관제 테러 사건이라고 말하기도 했다. 또 언론을 통해 정부의 정책을 믿고 알뜰주유소를 오픈하는 곳은 단 한 곳도 없을 것이며, 석유 유통구조 개선은 용두사미로 끝날 것이라고 여론몰이도 하였다. 정유사가 이렇게 반발하고 나오는 데는 그럴만할 이유가 있었다. 4개 정유사가 25년 동안 지켜 왔던 자기들만의 비율이 있는데 알뜰주유소 때문에 그것이 무너질 수 있어서였다. 또한 아주 작은 비율을 차지하기 위해 들인 비용이 수백억인데 그것을 쉽게 포기할 수 없었을 것이다. 게다가 주변에 알뜰주유소가 있게 되면 경쟁을 위해 자기 회사의 유가도 인하할 수밖에 없으니 여론몰이를 통해서라도 알뜰주유소를 막으려고 했다.

하지만 2011년 12월 29일 용인에서 첫 번째 알뜰주유소가 문을 열었고, 이후 점차 늘어 현재는 전국 1,000여 곳에서 성업을 이루고 있다. 알뜰주유소 정책이 성공할 수 있었던 비밀은 소비자의 선택권 확장에 있다. 당시 휘발유 가격은 리터당 2,000원을 넘나들고 있었는데, 그중에는 주유원 인건비, 각종 사은품 경비, 세차비용 등이 포함되어 있었다. 따라서 소비자가 낮은 가격을 선호할 때는 그에 따른 선택을 할 수 있도록 셀프주유, 사은품과 세차서비스 생략 등이 가능케 했다. 대신 저가 유류 공급을 통해 리터당 100원 정도 싼 값으로 소비자에게 휘발유를 공급할 수 있도록 했고 그것이 주효했다. 또한 알뜰주유소 한 곳이 들어서면 반경 2km 이내에 있는 주유소의 유류가격을 같이 끌어내리는 효과가 있는 것으로 나타났다.

알뜰주유소가 성공한 두 번째 이유는 주유소를 경영하는 자영업자들이 정유사와의 갈등을 피하기 위해 알뜰주유소를 선택해서였다. 당시만 해도 주유소는 정유사에게 일방적인 갑을 관계에 시달리던 측면이 있었고, 가격이나 서비스와 관련된 문제가 있을 시 협상을 통해 해결하기 어려운 점도 있었다. 그런데 알뜰주유소라는 선택지가 하나 더 늘어나 대안을 선택할 수 있는 환경이 조성된 셈이었다.

알뜰주유소는 최저가 주유소가 아니라 주변 지역 기름 가격을 떨어뜨리는 역할을 하는 게 주목적이었다. 그 결과에 따라 소비자들이 가격 인하 혜택을 보게 되는 것이고, 특히 상대적으로 소득이 적은 소상공인과 일반 자영업자들에게 유리해서 나름대로 정책효과가 컸다고 생각한다.

그때 석유 유통구조 개선 문제를 다루면서 생각했던 것이 있다. 어떤 일을 진행할 때 주위에서 불가능한 일이라며 처음부터 손대지 말라거나 손대면 다친다고 이야기해도, 명분이 있고 논리적으로 시장에 신호를 줄 수 있다면, 또한 철저한 준비로 소비자를 설득할 수 있다면 불가능은 없다는 것이다.

알뜰주유소 정책을 추진한 게 벌써 오랜 시간이 지났지만, 지금도 차를 몰고 다니다가 알뜰주유소를 만나면 그렇게 기분이 좋을 수가 없다. 다른 어떤 것보다 서민과 소상공인에게 도움을 주는 정책을 펼쳤다는 뿌듯함이 커서 그렇다.

에너지 정책은 산업구조를 결정짓는 중요한 화두이다.

중견기업이라는 이름으로

　우리나라 중소기업에는 소위 '피터팬증후군'이라는 게 있다. 정부의 각종 지원제도가 중소기업에 집중되어 있어서 중소기업들은 회사 규모가 이 범위를 넘어서는 것을 꺼려한다. 심지어 불가피하게 회사가 급속 성장하게 되면 회사를 두 개, 세 개로 쪼개서 계속 중소기업에 안주하려고 하는 경향이 있는데 '피터팬증후군'은 그러한 경향을 말한다. 중소기업 유관단체에서도 중소기업의 범위를 넘고 대기업보다는 작은 중견기업이라는 법적 기준을 허용하면 정부의 지원이 줄어들까봐 극구 반대하기 일쑤였다.

　산업정책국장으로 재직하던 시절인 2010년 초에 금융위기를 확실히 벗어나고 우리나라의 성장잠재력을 보강하기 위해 중견기업 대책을 마련해야 한다는 정책적 합의가 마련되었다. 이미 서너 차례 중견기업의 범위를 정하고 특별지원 프로그램을 만들어 보겠다는 시도가 있었지만, 중소기업 유관단체와 재정 당국의 극심한 반대로 무산된 터였다. 나는 산업정책국장으로서 다시 한번 해결사로 나서게 되었다.

　당시에 중견기업들은 우리 경제의 허리 역할을 톡톡히 하고 있었음에도 정부의 이분법적인 제도운영과 정책적 외면으로 사실상 법과 제도의 사각지대에 놓여 있었다. 예컨대 중소기업기본법상의 중소기업 범위를 벗어나게 되면 갑자기 70여 개의 지원제도에서 배제되고 동시에 20여 개의 대기업 대상 규제를 떠안아야 하는 상황으로 내몰리는 식이었다. 나는 이런 상황을 반영하여 대책을 두 가지 방향으로 추진하였다. 하나는 중견기업의 법적 권위를 세우는 것이고, 다른 하나는 어떤 지원책을 마련할 것인가 하는 거였다. 하지만 두 번째의 경우는 중소기업 유관단체가 완강하게 반대할 태세였고, 재정 당국도 손사래를 치며 반대하고 있었다.

 우선 중견기업의 법적인 기준은 중소기업청, 중소기업 유관단체와의 대화와 협의를 통해 산업발전법에 규정하기로 했다. 그 기준은 중소기업기본법상 중소기업의 범위를 벗어나고 상호출자 제한 기업집단에 소속되지 않은 기업으로 하였다. 이 규정은 2014년 중견기업특별법이 나오면서 좀 더 보완되었다. 다음으로 지원대책은 기존 시책의 연속성을 보장하고 신규프로그램을 마련하기로 했다. 예컨대 중견기업으로 편입되더라도 중소기업으로서 누리고 있던 혜택을 일시에 중단하는 것이 아니라 5년 정도의 유예 기간을 거쳐 해당 기업들이 준비할 수 있는 여력을 갖추도록 하고 대신 강력한 기술개발지원제도를 신설하기로 하였다. '월드클래스300'이란 프로그램을 만들어서 세계적인 유망기업으로 성장 가능한 기업을 300개 선정, 기술개발 자금을 75억 원 범위에서 3~5년에 걸쳐 자율적으로 쓸 수 있게 하였다.

또한 KOTRA, 수출입은행 및 컨설팅 회사와 연계해서 해외 현지 마케팅을 대폭 보강해주는 '월드챔프' 프로그램을 추가로 제공하기로 했다.

4전 5기 만에 중견기업에 대한 정의가 내려지면서 법적 허들을 통과하게 되었다. 특별대책에 대한 기업들의 반응도 폭발적이었다. 이후 많은 중소기업이 피터팬증후군을 넘어 중견기업으로의 성장을 시도하는 것을 보며 정책입안자로서 보람과 자부심을 느낄 수 있었다.

이런 제도개선을 통해 중소기업이 중견기업으로, 중견기업은 또 세계무대로 진출하여 대기업으로 성장할 수 있는 성장사다리를 제도화한 것이 무엇보다 큰 의의가 있다. 새로운 문턱을 넘어선 중견기업은 성장사다리를 오르면서 성장 부담에서 벗어나는 것은 물론이고, 글로벌시장에 뛰어들어 새로운 시장을 만들고 결과적으로 젊은이들에게 질 좋은 일자리를 만들어 주었으면 하는 바람이다.

한가지 당부하고 싶은 것은 중견기업의 사회적 책무이다. 통상 우리는 사회공헌 활동이라고 하면 사회복지단체에 대한 기부를 주로 떠올리는데 내 견해는 다르다. 중견기업이 우리 경제활동에서 가장 중요한 것은 건전한 가업승계를 통해 창업자의 이념과 기술력을 다음 세대로 전달하는 것이다. 또 그것이 이 어려운 시기에 고용을 유지할 수 있는 기본 전략이기도 하다. 부디 건실

한 중견기업으로 성장한 만큼 좋은 일자리를 만들어 고용 창출
과 유지에 힘썼으면 좋겠다. 그것이 곧 기업의 사회공헌 활동이
기도 해서다.

국제 경쟁력이 치열해지는 수출환경을 이겨내려면 강소기업의 육성이 필요하
다. KIAT 원장 시절 국내 강소기업 육성프로그램인 '월드클래스300' 행사 장면

따스한
고객 감동

　법정 스님의 책 '산에는 꽃이 피네'에는 빵 가게의 천사에 관한 아름다운 이야기가 나온다. 하늘나라까지 이어진 고객 감동의 이야기를 함께 하고픈 마음에 줄거리를 소개해 본다.

　종업원이 여남은 명 있는 작은 제과점이 있었다. 어느 날 한 손님이 종업원 아가씨에게 시집을 한 권 주고 갔는데, 그 시집에 이런 구절이 실려 있었다.

　"조그만 가게임을 부끄러워하지 말라. 그 조그만 가게에 당신이 인정의 아름다움을 가득 채우라."

　그 제과점은 형식보다 기본을 중요시하는 가게였다. 인정을 잃으면 생각과 행동이 기계적인 움직임에 지나지 않는다. 대형 슈퍼마켓에 가보면 사람은 완전히 부품에 불과하다. 단순히 돈과 물건의 교환 장소인 셈이다. 그러나 인정이 배어 있는 곳은 다르다. 인정이 없는 거래가 참거래라면 굳이 사람이 있을 필요가 없다. 자동판매기에 맡기면 되지 않을까. 다양한 사람을 만나서 그들과 따뜻한 마음을 주고받기 때문에 거기서 우리가 일하는 기쁨을 얻을 수 있다. 인간관계가 단지 사고파는 일에 그친다면 너무 야박하고 삭막할 것임이 분명하다. 그래서 이 가게는 '조그만 가게임을 부끄러워하지 말라. 그 조그만 가게에 당신이 인정의 아름다움을 가득 채우라'는 시구에 영향을 받아 다들 친절한 마음으로 손님을 대했다.

하루는 종업원 아가씨가 가장 늦게까지 남아 가게를 정리하고 문을 닫았다. 그리고 집으로 향하는데 눈을 잔뜩 뒤집어쓴 승용차 한 대가 멈칫멈칫하며 어딘가를 찾는 것이 보였다. 아가씨는 저만치 가다가 뒤를 돌아보았다. 그런데 조금 전 그 승용차가 자신이 일하는 제과점 앞에 멈추어 있었다. 아가씨는 가던 길을 되돌아가 가게 앞에 이르렀고, 차에서 내린 남자는 아가씨에게 이런 이야기를 들려주었다.

"어머니가 지금 암으로 병원에 입원해 계십니다. 담당 의사를 만났더니 하루 이틀밖에 못 사실 테니 만날 사람 만나게 하고, 자시고 싶은 음식이 있으면 자시게 하라고 했습니다. 그 소리를 듣고 어머니께 '자시고 싶은 음식이 뭐냐'고 여쭈었더니 어머니께서는 '예전에 어느 도시에 가니까 아주 맛있는 제과점이 있더라. 그 집 과자가 생각나는구나'고 말씀하시더군요. 그래서 그건 어려운 일이 아니니까 걱정하지 마시라고 말씀드리고 이른 아침에 먼 길을 출발했습니다. 그런데 눈이 많이 와서 고속도로가 밀리는 바람에 밤 10시나 되어 이곳에 도착하게 되었습니다. 그 제과점이 정확히 어딘지도 모를뿐더러 짐작되는 곳이라서 도착했더니 이미 문이 닫혀 있어 실망하던 차에 아가씨를 만나게 된 것입니다."

설명을 들은 제과점의 종업원 아가씨는 가게 안으로 들어가 불을 켜고 난로까지 켠 다음 그 손님을 들어오게 했다. 그러고는 남자의 어머니가 좋아하는 과자가 어떤 것인지 모르지만, 병석에 누워 계신 분이니까 소화가 잘될 만한 것, 부드러운 것으로 과자를 골라 건네며 눈길에 조심해서 가시라 인사했다. 남자가 얼마냐고 묻자 아가씨는 돈을 받지 않겠다고 했다. 남자가 놀라서 쳐다보자 아가씨는 이렇게 얘기했다.

"이 세상 마지막 가시는 길에 과자를 드시고 싶다는 손님 어머니께 저희가 드리는 성의입니다. 혹시 과자가 더 필요할지도 모르니 돈 대신 명함을 두고 가십시오."

그 남자는 몹시 감동하며 떠났고, 아가씨는 자기 지갑에서 과잣값을 꺼내 그날 매상에 추가시켰다. 그날 밤 그녀는 꿈을 꾸었는데, 노인이 과자를 먹다가 목이 메어서 고생하는 불길한 내용이었다.

다음날 아가씨는 출근하자마자 남자가 놓고 간 명함에 있는 연락처로 전화를 걸었다. 그러자 남자는 어머니가 간밤에 돌아가셨다고 했다. 길이 막혀 예정보다 늦어진 아들을 기다리다 아들이 도착하기 30분 전에 돌아가셨다는 것이었다. 그런데 그 어머니가 맑은 정신으로 숨을 거두면서 마지막으로 한 말이 '그 가게참 좋은 가게로구나.'라는 거였다.

남자에게 장례식이 다음날이란 말을 전해 들은 아가씨는 자세한 얘기도 하지 않고 가게 주인한테 휴가를 얻었다. 그러고는 과자공장에 가서 장례식에 가지고 갈 과자를 주문했다. 과잣값을치른 아가씨는 그 길로 장례식에 참석했다. 남자는 장례식장까지 찾아온 아가씨를 보고 깜짝 놀랐다. 영전에 향을 사르고 아가씨는 마음속으로 이렇게 말했다.

"처음 뵙는 손님, 이 세상 마지막으로 우리 가게의 과자를 먹고 싶다고 말씀하신 분, 미처 시간에 대지 못해 서운하셨겠어요.좋아하시는 과자를 떠나는 길에 갖고 가시라 인사차 왔습니다."

이 글에서 법정 스님은 상인의 길도 인간의 길이며, 상업적 거래도 단지 물건만 팔고 사는 행위에 그칠 것이 아니라 인간에게필요한 것이기에 인정이 오고 가야 한다고 말씀하셨다.

요즘은 세상이 각박하다 보니 이런 인정이 오가는 이야기가 특별한 감동을 주고 사람들에게 널리 회자되는 것 같다. 판매한 저울에 이상이 있다는 연락을 받은 저울회사 사장이 그 가게가 문을 열기도 전인 새벽부터 달려가 두 시간이고 세 시간이고 기다린 일이나, 레저용 고무보트를 수출하는 사장이 바이어가 안정성 여부를 문제 삼자 억수같이 비가 내리는 가운데 전 가족을 그 고무보트에 태우고 바이어가 보는 앞에서 한강을 래프팅하던 일, 전문 등산화를 생산하는 사장이 바이어가 새로 주문한 특수 화를 어렵게 만들어 놓고 그리 밝지 않은 표정으로 일단 팔아보 자고 하니까 고객에 대한 예의가 아니라며 그 자리에서 모두 폐 기처분을 한 사례, 놀이동산에 놀러 간 아주머니가 결혼반지를 간이화장실에 떨어뜨리자 한겨울에 분뇨통에 손을 넣어 한 시간 만에 찾아 주었다는 직원의 이야기 등 우리 주변에는 아직도 정 과 신뢰를 저버리지 않는 거래를 드물게나마 볼 수 있다.

제과점의 천사 같은 경지에까지 이르지는 못했지만, 하늘 대신 땅 위의 고객들을 감동시키는 따뜻한 이야기는 여전히 우리 곁 에 있을 것이다. 그러한 이야기가 한 권의 책으로 만들어지고 외 국어로 번역되어 '가슴이 따뜻해지는 한국 중소기업 이야기'로 외국에 소개되는 날도 오지 않을까 내심 바라본다.

가장 존경하는 기업인,
유일한(柳一韓)

　유일한 박사는 윤리경영이나 기업의 사회적 책임론이 거론될 때마다 모범답안 내지는 모델로서 인용되는 대표적인 기업인으로 유명하다. 기업가로서의 유일한 박사는 식민지 시대, 해방 직후의 격동기, 그리고 6·25 전쟁에서 5·16혁명에 이르기까지 힘든 세월을 헤쳐 나가야만 했다. 박사는 정치계나 교육 분야에 진출하여 성공할 수 있는 기회를 마다하고 평생을 올곧은 기업가로 활동하면서 생을 마쳤다. 또한 별세하기 직전 유한양행의 경영권을 전문경영인에게 넘겨줌으로써 '소유와 경영'의 분리를 우리나라 기업인 중 최초로 실천하였다.

　유일한 박사는 1895년 평양에서 유기연 씨와 김기복 씨 사이의 장남으로 태어났다. 당시는 동학농민전쟁, 청일전쟁, 갑오경장 등이 일어난 격변기였기에 한국 사회는 매우 어수선했다. 독실한 기독교 신자면서 상인이었던 유기연 씨는 장남인 유일한을 미국으로 보낼 결심을 하였다.

　유일한 박사는 1904년 대한제국순회공사 박장연을 따라서 미국으로 건너가 그곳에서 초등학교와 고등학교를 마치고 미시간 대학을 수료했다. 한국의 기업가로서 초·중학교부터 대학 교육에 이르기까지 유일한 박사처럼 철저하게 미국식 교육을 제대로 받은 사람은 유례를 찾기 어렵다. 그의 경영 사상이 과학성에 입각한 합리주의로 자리 잡게 되었던 것은 미국에서 보낸 학창 생활과 밀접한 관련을 맺고 있는 것으로 풀이되고 있다.

1916년 미시간 대학에 진학한 유일한 박사의 고학 생활은 대학 생활 내내 계속되었다. 그는 중국제 손수건, 카펫 등을 구입해서 재미 중국인에게 팔았는데, 재미 중국인들은 자신의 고향에서 생산된 거라 매우 반가워하며 적극적으로 구매했다. 그 덕에 그의 장사는 그런대로 잘 되었다.

미시간 대학을 졸업한 유일한 박사는 곧 세계 최대의 전자회사인 GE사에 유일한 동양인 회계사로 취직하였다. 이후 그는 GE사의 동양지사를 관리할 담당자로 내정될 만큼 인정받았다. 또 이 시기에 중국 광동 출신의 호미리 여사와 결혼도 했지만, 그는 미래가 보장된 GE사를 곧 그만두고 자영업에 뛰어들었다. 무엇보다도 동양인을 상대로 하는 업종이 쉬울 것으로 판단하고 숙주나물 장사를 시작했다.

그는 숙주나물을 통조림으로 만들어 판매를 촉진하는 동시에 대량 생산하는 방법을 계속 연구하였다. 그리하여 마침내 숙주나물을 신선하고 청정하게 저장하는 통조림 방법을 개발하기에 이르렀다. 그는 직접 숙주나물 통조림과 간장 등 양념 일체를 들고 다니면서 판매 일선에서 뛰었다. 숙주나물로 만드는 찹스 요리를 직접 양념해 주며 조리하는 방법까지 시연해 보이면서 판매에 매진하였다.

1922년 유일한 박사는 숙주나물 통조림을 주업종으로 하는 '라초이' 식품회사를 설립하였는데 판매촉진을 위해 기발한 전략까지 고안해 냈다. 그 전략이란 숙주나물 통조림을 잔뜩 실은 차를 몰다가 길가의 상점 쇼윈도를 들이받은 것이었다. 그것이 그가 살던 지역의 지방신문 사회면에 톱기사로 보도되었고, 기사에는 라초이 식품의 숙주나물 통조림에 대한 소개와 사고 현장 사진이 실렸다. 이 사건은 라초이 식품회사와 숙주나물 통조림을 유명하게 만드는 기회가 되었다. 결국 라초이 회사는 설립 4년 만에 50만 달러에 달하는 이익을 남겼다.

한편 숙주나물의 원료인 녹두를 구하기 위해 일시 귀국한 유일한 박사는 조국의 비참한 모습을 접하게 됐고, 이때부터 병마에 시달리고 있는 동족을 구제하고 굶주린 이들에게 일자리를 제공하기 위해 제약회사의 설립을 구상하기 시작했다. 그리고 1926년에 22년간의 미국 생활을 청산하고 가족들을 데리고 고국으로 돌아왔다. 당시 세브란스 의학 전문학교 교장이었던 에비슨 박사는 유일한 박사와 그의 부인인 호미리 여사에게 연희전문학교(현 연세대) 교수로 취임해 주길 요청했다. 교육계로 나가느냐, 산업계에 투신하느냐를 두고 고심하던 그는 결국 산업계에 투신하기로 결정하고, 1926년 12월 20일에 유한양행(柳韓洋行)을 설립하였다. '유한'은 그의 성씨와 한민족을 뜻하는 '한'자를 결합한 것이었다.

수요자의 불신을 조장하는 과대 선전광고가 난무하고 있을 때 유한양행은 상도의와 기업윤리에 따라 정당한 광고 활동을 전개해 나갔다. 유한양행의 이 같은 근대적 광고 방식은 1930년 대로 넘어오면서 더욱 발전된 양상을 보여주었다. 1930년 10월 30일자 동아일보에 게재된 광고에는 '의사는 당신의 친우'라는 제목 아래 '유한양행은 치료제를 의사에게 제공함에 상당한 노력을 한다고 자부합니다.'라는 내용이 실려 있었다. 이 문안의 내용은 환자를 위하여 의약품을 선택할 수 있는 사람은 의사뿐이므로 의사를 찾아야 한다는 일종의 계몽문이었던 셈이다. 1930년대 말부터는 유한의 광고가 모두 가로쓰기로 이루어졌는데 이것만 보더라도 유한양행의 기업적 감각이 얼마나 근대 지향적이었는지를 알 수 있다.

유일한 박사는 국내에서도 자신이 직접 차에 약품을 싣고 판매활동 일선에 나섰다. 이것은 일하는 사장, 뛰는 사장, 세일즈하는 사장이라는 근대적 의미에서의 민주경영자상(民主經營者像)을 제시한 것으로 받아들여질 수 있다.

그러나 당시 조선의 경제력은 사실상 일제에 예속되어 있었으며, 제약회사도 일제의 수중에 들어가 있었다. 유한양행만이 오

롯이 고군분투하고 있었는데, 그것은 그가 고용한 유능한 세일즈
맨과 국내외 의사들이 그를 적극적으로 지원했기 때문에 가능했
다. 또한 그는 외국에서 공부한 사람답게 외국의 의약품 도입에
도 발 빠르게 대응했다. 1934년 독일의 도마크 박사가 개발한 프
론토실(Prontosil)을 즉시 도입했는데, 이것은 유한양행의 명성
을 일으켜 세웠을 뿐만 아니라 한국약업사상 획기적인 것이었다.
프론토실의 도입은 한국에서도 최초였고 동양에서도 처음이었으
며 일본보다도 선두였다.

　유일한 박사는 1946년 초대 상공회의소 회장으로 취임하여 상
공업 재건에 앞장섰으나, 뜻하는 바가 있어 다시 미국으로 건너
가 스탠퍼드 대학에서 국제법을 전공하였다. 6·25 전쟁이 일어
나자 유한양행은 부산으로 사무실을 옮기고, 전시라는 어려운 여
건에도 불구하고 APC, 포도당 주사제 등을 생산해 냈다. 1953
년 다시 귀국한 유일한 박사는 공장 복구작업에 앞장섰다. 이때
미국을 중심으로 한 UN의 원조가 시작되었는데, 유한양행도 원
조자금을 활용하여 설비를 신식으로 교체하고 화학실험 연구실
까지 갖추게 되었다. 이렇게 해서 유한양행은 1950년대 말 한국
최대의 제약회사로 부상하였다.

　1966년 유일한 박사의 외아들 유일선(柳逸善) 씨가 미국에서
귀국하여 유한양행 부사장에 취임했는데, 변호사이기도 했던 유
일선 씨는 브레이크 없는 기관차로 통칭될 만큼 적극적인 기질이
었다고 한다. 유일선 씨의 귀국은 당시 유한양행의 이사회가 미

국의 포드, 록펠러 재단의 예를 들며 회사 경영권을 2세에게 넘겨야 한다는 설득에 따라 이루어졌다.

그러나 유일한 박사는 '기업과 개인적 성실은 엄격히 구별돼야 하며, 그것이 기업을 키우는 지름길이고 또 기업을 보존하는 길이다'라고 주장했다. 그는 아들 유일선 씨에게 '처음 귀국해서 무슨 부사장이냐?'라고 하면서 사업상으로는 냉정한 태도를 유지했다. 그러면서도 그는 아들의 활동에 내심으로 은근히 기대했다고 한다.

유일선 씨는 2년 가까이 부사장으로 재임하다가 미국으로 다시 건너가 버렸다. 모든 일을 국가 사회적인 차원에서 해결하려는 유일한 박사의 경영방침에 비하여 아들 유일선 씨는 기업 이윤 추구라는 경영학 교과서적 차원에서 경영하려고 했기 때문에 부자간의 경영방식에 차이가 있을 수밖에 없었다.

아들이 미국으로 돌아가 버린 후, 그는 깊은 충격을 받았는지 건강이 악화되기 시작하였다. 유일한 박사는 경영일선에서 물러나 후임자에게 기업을 맡겼다. '제44기 정기 주주총회' 식장의 5백여 명에 달하는 주주 앞에서 후계자를 공표하고, 1968년 모범 납세 우수업체로 인정받은 '동탑산업훈장'을 신임 사장에게 물려주면서부터였다. '정직함을 상징하는 이 메달을 대대로 이어져 갈 사장에게 전하시오'라는 당부와 함께 모든 권한을 이양한 것이다. 그리고는 1971년 3월 11일 77세를 일기로 세브란스 병원에서 세상을 떠났다.

　그가 영면하자 매스컴은 일제히 모범적인 기업가, 민족운동의
선구자, 교육계의 선각자로서 그를 부각시켰다. 그해 4월 8일 유
일한의 유언장이 공개되었다. 그의 친손녀 유일랑(당시 7세)에
게는 학자금으로 1만 달러를 주도록 하고, 딸 유재라(柳載羅) 씨
에게는 유한 중·고등학교 구내에 있는 묘소와 그 주변 대지 5천
평을 상속하여 이를 '유한동산'으로 꾸며 줄 것을 당부했다. 그는
개인 소유 주식 14만9백41주를 전부 재단법인(한국 사회 및 신
탁 기금)에 기증했다. 당시 시가 약 2억2천5백만 원에 상당한 금
액이었다. 아들인 유일선 씨에게는 '대학까지 졸업시켰으니, 앞
으로 자립해서 살아가라'라는 교훈만 남겼을 뿐이라고 전해 진
다. 유일한 박사는 가족에 앞서 국가와 민족을 생각하였다. 즉 그
의 철학은 국가, 교육, 기업 그리고 가족 순이었다.

　딸 유재라 씨 역시 유한양행의 평이사직을 맡고 있다가 1991년
3월 별세하였으며, 아버지의 거룩한 뜻과 같이 전 재산을 사회
(유한재단)에 환원하였다.

Chapter 2

강원도 출신 '노바디'에서
상공부 해결사로!

신문 배달원에서
한국 최대 발전회사 사장까지

초등학교를 마칠 무렵이었다. 아버님은 서울시청에 근무하다가 서울신문사로 이직하여 승승장구하셨는데 사장이 교체되자 함께 퇴직하게 되었고, 곧이어 사업에 뛰어드셨다. 하지만 지금도 그렇지만 그때도 공무원 퇴직금은 보는 사람이 임자라고 할 정도로 사기의 대상이 되곤 했다. 아버님도 예외가 아니어서 가세가 기울었다. 어려운 형편에 삼촌까지 셋집에 함께 살게 되었고, 학용품 살 돈도 없었고, 난생처음으로 구멍 난 운동화를 신고 다니기도 했다.

어려워진 집안 사정으로 나는 자구책을 마련할 수밖에 없었다. 그 방법이란 것이 부모님 몰래 신문을 돌리는 일이었다. 나이가 어려 신문사에서는 상대해 주지 않아서 동네 형들이 물량을 많이 받아오면 그중 일부를 하청받듯이 받아서 돌리게 됐다. 내가 맡은 곳은 주로 골목이 좁거나 계단이 많아서 형들이 싫어하는 코스였다. 당연히 일반 주택가나 상가 밀집 지역보다 열악한 곳들이 많았는데 청량리 유곽촌, 나환자들이 숨어 산다던 홍능산 구석의 판잣집 동네, 위생병원 뒷골목 등이던 걸로 기억된다.

그전에 살던 관사가 있던 곳과 비교해 보면 동네 환경이 너무 달랐다. 양푼 하나를 놓고 밥을 비벼서 7~8명의 가족이 숟가락만 들고 밥을 먹는 장면, 물건이 없어지면 시골에서 올라온 식모(입주 가정부)가 누명을 쓰고 거리에서 매를 맞던 일, 경동시장 입구에서 좌판을 벌이고 있다가 단속반이 오면 팔던 물건을 들고 뛰는 할머니들, 지나치게 많은 짐을 싣다가 넘어지는 지게꾼, 거리의 무법자 상이군인 등 가장 낮은 곳에서 어렵게 살아가는 사람들의 현실을 마주하곤 했다. 그러다 보니 가정 형편이 어려운 친구들과도 많이 사귀게 되었고, 덜 배우고 결핍이 있거나 힘든 사람들의 애환에 공감할 수 있는 계기도 되었다. 그리고 그때 경험 때문인지 지금도 TV를 보다가 어려운 이웃들의 고달픈 삶의 이야기를 보면 나도 모르게 서러운 감정이 울컥 복받칠 때가 있다.

　어려운 가운데에서도 나는 공부에 매진했고 대학 재학 중에 행정고시에 합격했다. 중앙공무원교육원을 우수한 성적으로 수료한 덕에 상공부를 선택해서 갈 수 있었고 여러 보직을 거치면서 남들이 하지 않는 일, 피하는 일, 어려운 일들을 도맡아 하면서 해결사라는 타이틀도 얻게 되었다. 말이 좋아 해결사지 각종 모함과 투서, 저항에 시달려야 했고, 때로는 내 상사조차 평지풍파를 일으킨다며 나를 탐탁지 않게 생각할 때도 있었다. 또 부서 분위기가 기업과의 관계를 중시했던지라 국민의 눈높이와 혜택을 강조하면 야당스러운 진보주의자라고 매도하기도 했다. 그렇지만 그런 분위기나 압력에도 굴하지 않고 맡은 일은 끝까지 밀어붙이곤해서 독일병정이라는 별명을 얻기도 하였다.

　유통산업발전법을 사회적 합의에 기초해 개정하고 알뜰주유소

도입을 계속 주장했던 것은, 우리의 주고객은 대기업보다는 국민, 자영업자, 소상공인, 중소기업이라고 생각했기 때문이다.

박근혜 정부가 들어서고 상식적으로 이해할 수 없는 고위직 인사를 목격하고 나서 나는 바로 사표를 던지고 민간인이 되었다. 지금도 교류하는 서희태 지휘자와 〈놀라운 오케스트라〉단을 창단하여 전국을 돌며 순회공연도 하고 내가 모르는 세상도 직접 만나고 다녔다. 산업기술진흥원장을 마치고 나서 민간 차원에서 에너지 절약운동 캠페인을 하고 있을 때 알고 지내던 선배님으로부터 하나의 제안을 받게 됐다.

보이지 않는 곳에서 새로운 시도를 하는 사람이니 한국수력원자력 사장에 응모하여 어려움에 처한 원자력 산업을 보호하고 에너지 업계에 새바람을 일으켜 보는 게 어떻겠냐는 제안이었다. 문재인 정권 초기의 탈원전 시기였던지라 민감한 문제들이 예상되어 여러 번 고사했지만 결국 현안을 피하지 않는 습성과 신념 때문에 한수원 사장 공고에 응모해서 취임하게 되었다. 그리고 예상했던 것처럼 원자력 산업을 둘러싼 내전 수준의 정치싸움으로 여야 양쪽으로부터 맹렬한 공격을 받게 되었다.

그러나 나는 현재 한수원이 별 탈 없이 원래의 역량을 유지하면서 수출을 할 수 있는 실력을 갖출 수 있는 데는 나의 기여도 분명히 있다고 본다. 물론 원자력계의 평가가 더 중요하기 때문에 세월이 더 흐르면 보다 분명한 평가가 나올 것이다.

최연소, 최다,
최장수라는 타이틀

20대 초반인 대학 4학년 때 행정고시에 합격했다. 연수원도 1등으로 졸업해서 소위 부처지명권을 얻게 되었다. 부처지명권은 근무하고 싶은 부서를 선택할 수 있는 권리였다. 나는 남들이 모두 선망하던 경제기획원(EPB), 재무부, 내무부를 마다하고 상공부를 선택했다. 그 당시 우리나라는 산업화가 시작된 지 오래되지 않을 때여서 나는 수출이 우리나라가 갈 길이라고 생각했다. 또한 내가 태어나고 자란 강원도의 발전을 위해 상공부에서 할 일이 있을 것이란 판단이 들어서였다. 수습 기간을 끝내고 인사담당자와 1:1 면담이 있었다. 그 면담을 30년이 넘는 공직생활을 끝낸 지금도 잊지 못한다.

"상공부를 찍어서 왔다며?"
"1번으로 찍어서 왔습니다."
"1등은 여기 안 오는데?"
"아뇨. 저는 그렇습니다."
"대학교는?"
"성균관대 나왔습니다."

"고향은?"

"강원돕니다."

"고등학교는?"

"용문고입니다."

내 대답을 들은 인사담당자는 뒤로 돌아 한숨을 쉬면서 혼잣말로 그랬다.

"얘는 잘하면 본부 과장이나 하겠네."

그때는 특정 지역과 특정 학교 출신들이 고위 공무직의 대부분을 장악하고 있었다. 승진할 때도 학연이나 지연 등 인맥이 있는 사람, 국회의원을 배경 삼아 승진하는 사람, 권력자들 입맛에 맞게 보고서를 잘 쓰는 사람들이 먼저 승진했다. 조직이 그런 분위기였으므로 명문 고교나 특정 대학 출신도 아니고, 고향마저 강원도인 내가 인사담당자의 눈에는 탐탁지 않게 느껴졌던 모양이었다.

부서도 내가 원하는 곳으로 배치되지 않았다. 그때 나는 속으로 결심했다. 이 순간을 잊지 말아야겠다, 이 사람이 나에게 한 지금 이 발언의 고정관념을 기필코 실력으로 깨뜨리고 말겠다고. 그 마음을 두고두고 새기면서 나는, 내가 직접 한 일로 승부를 봤다. 그래서 정무직이 아닌 1급으로 승진할 때까지 최연소 과장, 최연소 국장, 최연소 실장, 최다 실장, 최장수 실장이라는 타이틀을 달았다. 오로지 업무 능력으로 그런 타이틀을 달았다.

하지만 그 과정에서는 많은 것을 경험해야 했다. 특히 사무관 시절에 크게 느낀 게 있다. 공직이나 공기업은 물론이고 일반 기업에서도 많은 사람이 문제를 알면서도 자의 반, 타의 반으로 그것을 해결하지 않고 피해 가고 있구나, 라는 것이다. 특히 화려하고 겉만 번지르르한 알맹이 없는 보고서, 그리고 윗사람에 대한 의전으로 많은 시간을 소비하곤 했다. 나 역시 비슷한 과정을 겪기도 했지만 서기관이 되어 그 당시로는 보기 드문 TF팀장(중소기업 애로지원센터장)을 맡게 되면서 공직에 대해 다시 생각하고 태도를 바꾸었다. 우선 내 눈앞에 보이는 현안 과제 해결에 전력투구했다. 그것으로 인해 자연스럽게 해결사라는 별명이 붙었다. 또한 어떤 상황에서도 긍정의 힘을 믿으면서 맡은 일을 끝까지 붙들고 해결하려 했다.

그 당시 상공부 중에서 가장 각광을 받았던 곳이 수출진흥대책을 담당하는 무역국이라는 곳이었다. 한 번은 수출 2과로 배정되었다는 통보를 받았는데 하룻밤 사이에 아주통상과로 발령이 나 있었다. 원래 내가 가기로 했던 수출 2과에는 다른 부처에서 교류로 온 특정 대학 출신의 선배가 앉아 있었다. 나보다 2년 선배였는데 내가 그에게 밀린 거였다. 부당한 발령이었지만 그곳 아주통상과에서 열심히 일했다. 그렇게 했음에도 부서를 이동하거나 근무 평가에 있어서 특정 지역의 횡포가 심했다. 그들 앞에서 나는 늘 노바디였다. 열심히 일해도 내 존재를 알릴 방법이 없었다. 부서 이동할 때마다 원하는 부서에 아무도 나를 데려가지 않아서 처음 2~3년은 고전했다. 다행히 중참, 고참이 되고, 서기관이 되면서부터는 내 목소리를 낼 수 있게 되었고, 그때부터는 나를 무시하는 사람을 찾아보기 어려워졌다.

공직에 있을 때 나는 늘 해결사라는 별명을 갖고 있었는데, 아무도 해결하지 못하는 일을 맡아 해결하곤 해서 붙은 별명이었다. 그런 기질 탓에 어려운 자리로 보직을 받는 경우가 많았다. 그나마 다행히도 어려운 자리로 가면 함께 일할 사람을 뽑을 기회를 주었다. 1년 정도 고생할 테니 일 잘하는 직원을 선발하라는 뜻에서였다. 내가 비록 어려운 자리로 가지만 성과를 보기 때문에 나중에는 나랑 함께 일하고 싶어하는 직원들이 많이 늘었다. 국장이 되면서부터는 함께 일하고 싶어하는 과장이나 주무 사무관들이 줄을 섰다. 공직생활을 시작했던 초년 시절을 생각하면 엄청난 반전이 아닐 수가 없었다.

강원도는 내 마음의 고향이다. 마음의 빚을 청산하기 위해 결심이 늘 새롭다.
사진은 한수원 사장 시절 직원들과 봉사 모습

홍천 해밀학교와의
인연

주말 저녁, TV 채널을 돌리다가 인순이 씨가 카네기홀에서 공연하는 걸 봤다. 공연장을 찾은 관객들은 인순이 씨의 노래를 들으며 눈물을 흘렸고, 나는 인순이 씨의 공연하는 모습을 감동적으로 지켜봤다. 공연 마지막 순서에서는 정확하지 않지만 인순이 씨가 그런 얘기를 했다. '아버지라는 노래를 되도록 안 불렀는데 오늘만큼은 이 노래를 부르려고 한다. 왜냐하면 이 공연에 초청받아 앞자리에 앉아계신 한국 참전용사들을 위해서다. 이분들이 바로 내 아버지기 때문이다.' 그러고는 잠시 쉬었다가 다시 말을 이었다. '여러분들 중에는 나 같은 딸이나 아들이 한국에 있을까봐 고민하는 분들이 있는 줄 안다. 하지만 고민할 필요 없다. 다 나처럼 잘 자랐을 것이다. 여러분이 있어서 내가 세상에 태어난 것을 행복하게 생각한다.' 이렇게 얘기했다.

인순이 씨는 우리 사회가 성숙하기 이전에 혼혈인으로 태어났고 그 때문에 엄청난 놀림을 받고 자랐을 거다. 그런데도 훌륭하게 성장해서 아버지와 같은 분들 앞에서 울면서 아버지라는 노래를 불렀는데, 그 장면에 많은 감명을 받았다.

그 후 어느 날 인순이 씨가 강원도에서 다문화 학생을 위한 대안학교인 해밀학교 부지를 찾고 있다는 얘기를 들었다. 그리고 얼마 후에는 찾았다는 얘기도 들었다. 언젠가 강원도에 갈 일이 있었을 때 내 고향인 강원도와 관련된 일이라 일부러 그곳을 찾았다. 그날 인순이 씨를 만나 이야기를 나누면서, 크게는 못 하겠지만 꾸준히 후원하고, 후원자도 소개해 주겠다고 했다. 그리고 그 자리에서 자문위원이 됐다.

그때까지만 해도 해밀학교는 학교 부지를 임대해서 사용하고 있었다. 임대로 있으면 학교 인가가 나지 않았다. 그래서 학교 부지를 사려고 수소문했고 홍천에 있는 폐교를 샀다고 했다.

얘기를 들어보니 1년에 6억 원가량 되는 학교 운영비를 인순이 씨가 사비를 털어 투자하고 있었다. 매년 연말에 하는 디너쇼의 수익 대부분이 학교로 들어가고 있었다. 그런 상황에서 12억 원이나 드는 폐교 구입비를 인순이 씨가 또 떠안아야 하는 처지였다. 그래서 나는 최문순 당시 강원도지사와 홍천군을 연결해 주었고, 강원도와 홍천군에서 각각 3억 원을 지원하기로 했다. 땅값만 그러했고 건물을 짓는 데 12억 원이 더 들어갔다. 그래서 인순이 씨가 학교 건립 비용을 마련하기 위한 공연을 했고, 나도 적지만 힘을 보태기 위해 "코리아 必 하모니"라는 책을 출판하면서 생긴 수익 전액을 기부했다.

지금은 학교 건물이 완공되었고 학교도 인가받아서 안정적으로

운영되고 있다. 여전히 인순이 씨는 학교 운영비의 70~80%를 사
비로 충당하고 있고, 20~30%는 소액 후원받아서 운영하고 있
다.

어려운 이웃,
함께 사는 이웃

2010년 지식경제부 기획조정실장으로 재직할 당시 사회공헌에 관한 의견을 여러 차례 피력했다. 담당자에게 후원할 곳을 찾아보게 했고, 보육원은 국비 지원이 있으니 그보다 더 어려운 곳을 찾아보자고 하였다. 그랬더니 담당자가 후원 기관 명단을 가져왔고, 나는 국가 지원이 미치지 않은 지역아동센터를 후원하여 아이들이 더 나은 환경에서 자랄 수 있게 지원하기 시작했다. 한국전력, 한수원, 한국산업기술진흥원 등 산하기관들도 흔쾌히 동참해주어 600여 곳과 자매결연을 맺게 되었고, 1년 동안 직원들이 열심히 활동했다. 그러다 나는 부서를 옮기게 됐는데 나중에 알고 보니 그 이후로는 후원 활동이 흐지부지되었다고 했다. 2013년에 한국산업기술진흥원 원장으로 부임해 가서 보니 형식적인 수준에서 사회공헌 활동을 진행하고 있었다. 나는 후원 활동이 보다 활동적으로 이루어지게 했고, 그때 과천에 있는 부림 지역아동센터를 만나 꽤 오랫동안 인연을 이어갔다.

원래 부림지역아동센터 방문은 일회성 행사로 기획되었다. 그런데 거기서 두 형제를 만나게 됐고, 나는 그 아이들을 개인적으로 후원하겠다고 했다. 부림지역아동센터를 처음 방문하던 날 아이들에게 물어보니 할머니가 치매에 걸려서 끼니를 자주 거르는 모양이었다. 그래서 형제에게 먹을 것을 직접 갖다주겠다고 했는데 주소가 없어서 못 간다고 했다. 나는 다음에 갖다주겠다고 약속했고, 약속한 날에 아이들 집을 찾아갔다.

아이들 집을 찾아간 날은 2014년 여름이었는데 비가 온 후였다. 아이들이 사는 집은 비닐하우스로 만든 곳으로 문을 열고 들어가자 장판을 깔아놓은 팔레트 위에 할머니가 누워 계신 게 보였다. 아이들은 방을 따로 만들어서 생활하고 있었다. 인사하고 할머니가 누워 계시던 이부자리를 봤더니 장판에 습기가 차서 축축했다.

형제에게 배고픈지 물었더니 그렇다고 했다. 할머니가 치매에 걸려 정신이 깜빡할 때는 형제가 굶는데 그날도 그런 모양이었다. 그날을 시작으로 아이들 집에 직접 음식을 배달했다. 반찬을 가져다줄 때도 있었고, 아이들이 좋아하는 햄버거나 피자 등을 배달시켜 줄 때도 있었다.

한편 나는 과천시에 아이들의 딱한 사정을 전달했고, 다행히 과천시로부터 전세금을 지원받아 이후에 두 아이가 반지하 집에서 전세를 살게 됐다. 큰아이는 특성화고에 진학해 기능대회에 나가 상을 받기도 했고, 작은아이는 아버지의 폭력 때문에 정서장애가 있었지만, 증상이 호전되기도 했다.

부림지역아동센터 외에도 꾸준히 도움을 주었던 곳이 있다. 지금은 해체된 창신동 위기여성센터를 한동안 후원했었다. 산업부 주력산업국장을 지낼 때 다루는 업무가 부품소재, 비행기, 자동차, 조선, 석유화학, 철강, 거기에 섬유패션이 있었다. 그때 만난 섬유패션업계 사람들에게 제일 어려운 분야가 어떤 것인지 물었더니 봉제가 제일 어렵다고 해서 창신동에 가서 바느질하는 사람들을 만났다. 그들 중에는 가정폭력을 피해 집을 나온 이주여성들이 있었는데 위기여성센터에서는 이들을 숨겨주고 일을 가르쳐주고 있었다. 그리고 위기여성센터를 운영하는 분들은 수녀님들이었다. 나는 후원자들을 찾아 센터와 연결시켜주었고, 여성가족부 장관과 함께 방문하기도 했다. 그런데 안타깝게도 우리가 도움을 주다 보니 그곳이 노출되어 남편들이 찾아왔고, 결국 창신동 위기여성센터는 다른 곳으로 이전했다. 그래서 지금은 서울 모처에 있는 이곳을 다른 사람들과 다니지 않고 혼자 방문하고 있다.

한국수력원자력에 재직하던 때에는 지역아동센터에 80여 대의 승합차를 지원할 수 있었다. 그때 열악한 아동센터의 발이 되어주는 일에 적극적으로 참여한 한수원 임직원들에게 감사함을 전한다.

지역아동센터는 우리가 생각하는 것 이상으로 열악하다. 센터장과 교사, 보조교사들이 근무하는데 이분들이 받는 급여가 박봉이다. 그마저도 결손가정 아이들이 아프기라도 하면 급여를 약값이나 병원비로 쓸 때가 많다. 그렇다 보니 월급을 제대로 가져가지 못할 때도 있다. 그래서 자매결연을 맺어서 약값이나 병원비라도 해결해 줄 수 있다면 교사들의 박봉을 덜 축낼 수 있을 것이다.

공직자의
자기 브랜드

2014년 이전까지 경기도 과천시는 우리나라의 중앙경제부처가 모여 있던 곳으로 각 부처와 부서가 국가의 정책목표 아래 경쟁하고 협력하는 '사각의 링'이었다. 그곳에서 만들어진 정책은 기업과 국민으로부터 준엄한 평가를 받기도 했다.

상공부에서 일하면서 최연소 본부 과장, 최연소 본부 국장, 최연소 실장(차관보)이라는 타이틀을 가지게 되었고, 그러한 타이틀 외에 별명 혹은 브랜드들도 붙게 되었다. 나에게 붙은 별명은 해결사, 독일병정, 백상어 등이었다. 한번 마음먹은 현안에 대해서는 해결될 때까지 끝을 보았기 때문에 붙여지게 된 별명들이었다.

내 스타일은 직진이다. 일로 승부하고 한번 시작하면 끝을 본다. 그게 나의 신념이다. 나에게 있어 난제는 어려운 문제라기보다 더 중요한 문제라는 뜻이다. 생각을 바꾸면 행동도 변하고 큰 힘이 생긴다.

나는 피해서 가는 것을 못 한다. 문제가 있는 걸 알면서 그것을 후임자에게 넘기는 것을 스스로 용납할 수 없다. 그래서 늘 내 손에서 해결하려 했고, 그걸 알고 있는 상부에서는 어려운 현안이 있는 곳으로 나를 보내곤 했다. 문제를 해결하라는 의도에서였다. 이처럼 한번 물면 놓지 않는 성향 때문에 실제로 많은 성과도 냈다. 중소기업 구조개선사업, 기업복권, 지역신용보증제도, 중진공 직접대출, 연합채권, 골드카드비자제도, 기술개발과제 중간평가, 기술사업화지원제도, 기술직군 단순화, 중고차 교체프로그램, 중소조선사지원제도, 유통산업 상생협의체, 알뜰주유소, 전기요금 조정, 지역연구개발 제도개선 등 남들이 손대지 않거나 어렵다고 회피한 많은 제도를 개선했고, 새로운 제도를 만들었다.

지역균형발전제도에 대해서도 현장 의견수렴과 지방소재 대학생들의 참여를 높이는 쪽으로 운영 방식을 개선하였는데 그 과정에서 대학생들과 자전거를 타고 지방을 돌아보기도 하였다. 지역의 소상공인들, 재래시장, 슈퍼마켓 주인이나 도매업체 종사자들의 애로 사항을 들을 때는 각 주요 전통시장을 돌며 국밥과 막걸리로 저녁을 대신했다. SSM 피해를 호소하는 슈퍼마켓 사장님들과 소주잔을 기울인 끝에 대형 할인 유통업체와 소상공인들과의 협의체가 만들어졌고, 이것이 모태가 되어 현재 한국유통산업협회가 설립되었다. 그게 가능하도록 곡진하고 따뜻한 마음으로 설득하고 또 설득했다. 그 결과 울분에 차 있던 소상인들이 마음의 문을 열어 주었고, 자율협약제도도 탄생하게 되었다. 이런 과정을 거치면서 나는 해결사, 독일병정, 백상어 같은 기존 별명 외에 정책적인 브랜드로서 '현장 소통전문가', '따뜻한 리더쉽 롤모델'

이라는 얘기도 듣게 되었다.

　하지만 내가 스스로 일군 성과를 가지고도 뛰어넘을 수 없는 장벽도 있었다. 정무직으로 진출하는 길목에서 강원도 출신이라는 '딱지'가 여러 번 태클을 걸곤 했다. 그런 현실이 한편으로는 실망스럽기도 했지만, 그런 것에 흔들리지 않고 내가 해야 할 역할, 내가 할 일만 생각했다. 그것이 내가 걸어가야 할 길이었기 때문이고 그것이 정도이고 국가의 녹을 먹는 사람이 해야 할 일이라고 생각해서였다.

　한수원 사장 임기를 마치고 우리 사회를 위해 할 수 있는 일을 찾을 때도 마찬가지였다. 다른 방식으로 사회에 기여할 수도 있었으나 그동안 공직에 있으면서 쌓아온 산업 분야 전문가로서의 전문성과 정책과 제도를 만든 입안자로서의 경험을 살려 소상공인과 사회적 약자들의 편에 서기로 결정하게 됐다. 기득권을 고수하려는 거대 양당이 버티고 있는 상황에서 소수가 목소리를 내고 소수자의 권리를 찾는 것이 쉽지는 않을 것이다. 어쩌면 그러한 이유로 지금 소수의 옆에서 소수의 목소리를 지키고 대변해 줄 사람이 더욱 필요할지도 모른다. 그래서 나는 시작은 힘들겠지만 그동안 해왔던 방식대로 정면으로 맞서 묵묵하게 서민들을 위한 사회를 만드는 데 앞장서서 걸어가려고 한다.

　함께 문제를 해결해 나가는 첫걸음은, 상대방의 고민과 아픔에 공감하는 것에서부터 시작한다. 그래서, 당신이 아프면 나도 아프다라는 마음가짐이 중요하다.

이것이 내가 공직생활을 하는 동안 현장에서 답을 찾았던 이유이고, 내가 어려운 문제에 직면했을 때에도 포기하지 않고 절실하게 매달릴 수 있었던 원동력이었다. 이 생각은 지금도 변함이 없다.

동반자라는 이름의
부부

1983년 10월 3일이었다. 중앙공무원교육원에서 함께 교육받던 지방 국립대 출신 동기 네 명과 주말을 맞아 청평 안전유원지에 놀러 갔다. 비가 살짝 내리긴 했지만 멜랑꼴리한 분위기를 돋워줄 정도였고 비를 피하기 위해 뛸 정도는 아니었다.

일행들과 강가에서 비 내리는 풍경을 감상하고 있는데 레인코트에 우산을 쓴 젊은 여성 몇 명의 모습이 보였다. 우리는 가위바위보를 해서 지는 사람이 여성들을 파트너로 모셔오기로 했고, 가위바위보에서 지는 바람에 내가 그 역할을 맡게 됐다. 다른 커플들은 이런저런 이유로 모두 연이 끊겼지만 나만 그때의 오렌지 코트 여인과 1남 1녀를 낳고 지금까지 부부로 살고 있다. 게다가 외손주까지 봤으니 그때 그 만남이 역사적이었던 셈이다.

하지만 우리 부부가 결혼에 이르기까지의 과정은 순탄치 않았다. 집안에서 미리 점 찍어둔 처자가 있었고 부모님이 강력하게 맞선을 권하시는 통에 어쩔 수 없이 그 처자와 마음에 없는 만남을 가지긴 했다. 그 처자와는 두어 번 만나고 헤어졌는데 그에 따른 후폭풍이 아주 거셌고 한동안 심하게 마음고생해야 했다. 부모님 뜻을 한 번도 거스른 적 없었고 모범생이었던 내가 부모님의 간곡한 청을 거부한 것이 되었고, 그로 인해 부모님과 동창생이었던 그 처자의 부모님도 기분이 상하셔서였다.

그렇지만 부모님이 반대하신다고 해서 사귀던 여성과 헤어지는 것은 사나이가 할 일도 아니었고 무엇보다 내가 그걸 받아들일 수 없어서 '오렌지 코트' 여인과 계속 만남을 유지하다가 군에 가게 되었다. 단기 장교로 복무했기에 외박에는 문제가 없었으나 시간이 지나면서 여자친구가 나이로 인한 부담이 커졌고 그래서 결혼을 은근히 바라는 눈치를 보였다. 군 복무 중이었지만 결혼식을 올리기로 결정하고 부모님께 말씀드렸다. 그런데 이것이 또 화근이 되고 말았다. 부모님은 상공부에 복귀해서 결혼해도 되는데 왜 반대하는 결혼을 서두르냐고 하셨다. 나는 어차피 할 결혼이니 빨리해서 손주를 보여드리겠다고 했지만 역부족이었다. 그렇게 한동안 부모님과 냉전이 계속되었다.

부모님과의 냉랭한 분위기는 결혼식 이후에도 이어졌다. 아내와 나는 초급장교의 월급으로 연명해야 하는 신세(?)가 되었고 가재도구를 살 돈도 없어서 합판을 사다가 대충 자른 뒤 벽지를 발라서 옷장과 식탁을 만들었다. 그나마 친구들이 선물해 준 식기와 찻잔 정도가 집안의 귀중품이라면 귀중품이었다. 다행히 아내가 공주 같은 딸을 출산하면서 부모님과 아내와의 서먹함이 사라졌고, 아내가 아이와 시댁에 들어가 살겠다고 해서 부모님이 매우 기뻐하셨다. 군에 남아 있던 내가 해줄 것도 별로 없었고 경희대 병원이 바로 옆에 있어서 마음도 놓였다.

그때 아내의 결단이 부모님 마음과 집안 분위기를 바꿔 놓았고, 현명하고 강단 있는 아내는 지금까지 나의 곁을 지켜주고 있다. 특히 아내는 내가 제대할 때까지 1년 반가량 부모님을 모시고 살았고, 그 이후에도 우리 집안의 대소사를 도맡았으며, 일가친척들의 성격과 부모님의 습관까지 모두 꿰뚫는 등 맏며느리 역할을 톡톡히 해내어 두 분이 돌아가실 때까지 사랑을 듬뿍 받았다.

그런 아내가 나는 지금도 자랑스럽다. 아내는 며느리로서는 물론이고 삶의 동반자로서도 지혜롭고 신중했다. 아내는 부모님을 공양하고 공직에 있는 나를 내조도 했지만 자신이 좋아하는 것도 놓지 않았다. 문화적인 분야에 관심이 많아 꾸준히 음악회나 전시회를 찾았으며 그런 활동에 지장이 없으면 불평이나 불만 없이 조용히 내조하는 편이었다. 다만 주위에서 내게 정치를 권하거나 정치권에 있는 친구들이 다가오면 초긴장 상태가 되어 하루 종일 나를 주시하면서 내게 무언의 압력을 넣고는 했다. 이제 그만 힘든 일에서 벗어나 평화롭게 남은 생을 보냈으면 하는 마음에서였다.

얼마 전 대한상공인당을 창당하기 전, 그러니까 작년 말에 장모님 기일에 맞춰 아내의 고향인 진주를 방문하기 위해 기차를 탔다. 기차를 타고 가는 동안 나는 아내에게 내가 정치를 해야 하는 이유를 설명하고 아내를 설득했다. 어쩌면 아내의 반대가 심할 거

라는 나의 예상과 달리 아내는 나의 정치참여에 동의했다. 다만
자신의 여가 활동이나 가정경제에 영향이 없게 해달라는 전제가
붙기는 했다. 나는 아내가 자신이 좋아하는 분야를 놓치지 않으려
는 그 마음도 충분히 이해되고, 평소에도 그런 아내를 존중하는지
라 아내가 전제로 내세운 조건이 당연하다고 생각했다. 그리고 그
동안 정치에 나서는 걸 줄곧 반대하다가 이번에는 동의하는 것을
보면서 고마운 마음이 들었다. 40여 년 동안 함께 살면서 누구보다
나를 잘 알고 있던 아내였던지라 이번에도 내가 어떤 마음으로 정
치를 하려는지 알고, 또 나를 믿어주는구나 싶어서였다. 그날 기차
에서 내리면서 부부란 이래서 동반자인가 보다, 라는 생각을 했다.

기타 지역,
강원도

　상공부에서 일할 때 가는 곳마다 우여곡절이 많았지만 꼭 이야기해 두고 싶은 게 있다.

　2004년 말 상공부에서는 처음으로 내가 강원도 출신 총무과장이 되었다. 지금은 운영지원 팀장이라는 명함을 쓰는 부처들이 많지만 당시만 해도 총무과장 자리는 장관의 복심이었다. 또 인사철마다 기본 틀을 짜는 자리였기 때문에 선망의 대상이 되는 자리였다. 그렇지만 다른 한편으로는 인사에서 고배를 마신 사람들에게 원망받는 자리이기도 했다. 그때 모시던 장관이 영남과 호남이 번갈아 가며 자리를 이어받으면서 생기는 문제점을 개선하고, 중립적인 시각에서 '인사판'을 짜보라는 취지에서 나를 그곳으로 발령냈을지도 모른다는 생각을 나중에 하게 됐다.

　총무과장을 맡아 처음으로 과장급 보직 이동과 사무관, 서기관 승진 인사를 할 때였다. 아니나 다를까 예상했던 대로 만만치 않은 외풍이 불어닥쳤다. 대부분 여의도와 과거 선배들의 입김이었다. 장 · 차관에게 보고하면서 신임 총무과장이 불통이라 말을 듣지 않으니 어쩔 수 없다고 얘기해달라는 식으로 대응해 줄 것을 부탁드렸다. 장관으로부터 핀잔도 들었지만 그래야만 원하는 인사를 할 수 있다고 거듭 말씀드렸다. 그런 원칙을 고수한 끝에 발탁인사와 탕평인사가 곁들여진 중립적 인사안이 나왔다. 영남이든 호남이든 공평하게 등용했고, 충청·강원·제주까지 고르게 배려하였다.

첫 인사를 성공적으로 시행할 수 있었지만, 그때 미처 파악하지 못했던 내용을 두 번째 인사를 하면서야 알게 된 사실이 있다. 김영삼 정부가 들어서기 전까지는 누구나 알고 있듯이 온 세상이 TK(대구, 경북)와 육사, 서울대 법대 판으로 점철되어 있었다. 그러다가 김영삼 정부부터 PK(부산, 경남)가 늘어났고 김대중 정부에서는 호남의 비율도 제법 높아졌다. 그나마 노무현 대통령의 참여정부 시절에는 비교적 다양한 지역 출신을 중용하려는 의지가 있었다. 그 대표적인 게 인사안 검토 시 마지막 칸에 지역 안배 검토라는 별도의 표를 만들어서 인사의 공평성, 중립성을 가지려는 시도였다.

물론 대부분은 영호남의 균형을 맞추기 위한 시도였고, 표의 구성도 수도권, 충청권, 영남, 호남, 기타 식으로 되어 있었다. 실무자들에게 '기타 지역'이 무엇이냐고 물으니 강원도와 제주도라는 대답이 돌아왔다. 칸 하나 추가하는 게 뭐 그리 비용이 든다고 그렇게 하나라는 생각이 들어서 앞으로는 표를 고쳐서 반드시 강원과 제주를 별도로 표시하라고 일렀다.

그런데 지역 안배 검토라는 표 자체가 과장으로의 승진이나 과장급 이상의 인사발령 때 검토하는 사항이다 보니 인재풀이 약한 강원도와 제주도는 늘 빈칸으로 남아있곤 했다. 그래도 누군가 올라오겠지, 하며 그 표를 계속 유지하라고 주문했고, 언젠가는 두세 명이 올라와 비어있던 칸을 채운 적도 있었다.

강원도 출신 공직자가 적은 것은 인구 분포상 그렇다 칠 수도 있다. 하지만 사실은 그 얼마 안 되는 강원도 출신들이 스스로 강원도에서 태어났다고 커밍아웃하는 경우가 많지 않다. 나는 그게 더 문제라고 본다. 대개 어느 정도 자리를 잡고 나서야 향우회에 얼굴을 내미는 경우가 많아서, 공직 진출 초반에 서로 정보를 교류하거나 도움을 줄 기회를 흘려버릴 때가 많기 때문이다.

나는 어린 시절에 서울로 왔지만 늘 강원인이라고 자부해 왔고, 언제나 당당하게 그것을 얘기해 왔다. 지금도 고향 춘천을 비롯해 강원도 여러 지역을 다니고 있고, 상공부 강원향우회장만도 10여 년도 훨씬 넘게 맡아왔다. 그리고 법적 테두리를 벗어나지 않는 수준에서 강원도를 돕기 위해 노력하고 고민해 왔다.

그런데 많은 분이 오랫동안 출신을 밝히지 않다가 고위 공직에 오른 후에야 강원도 어디 출신이라는 얘기를 하는 걸 보게 된다. 이후에도 그들은 향우회를 포함한 많은 모임에 나오지 않는다. 고향에 대해 필요할 때마다 붙였다가 뗐다가 하는 일회용밴드 같은 자세를 버리고, 강원도 출신임을 자랑스러워해야 '기타 지역'이라는 오명을 뒤집어쓰는 일이 없을 것이라고 생각한다. 다른 지역도

마찬가지다. 자신의 근간이 되는 곳에 대한 자부심과 의리가 있어
야 스스로가 당당할 수 있다. 또한 그 당당함으로 인해 다른 이들
에게 존중받을 수도 있다. 그리고 무엇보다 지연이나 학연으로 인
해 누군가가 불이익을 받는 현상은 없어져야 마땅하다.

강원도인의 자부심으로 평생 살아왔기 때문에 언제나 당당하다. 강원도에 대
한 편견을 깨뜨려야 변화가 가능하다.

왜 정치에
나서는가?

1980년대만 해도 민주화를 완성하기 위한 정당 활동이 치열했고, 산업부 에너지 정책을 포함한 큰 정책 방향은 대부분 정부에서 결정하였다. 물론 당 · 정협의 또는 여 · 야 · 정협의 등을 통해 사안별로 여당이나 국회의 협조를 받는 경우가 있었으나, 본질적인 내용은 정부에서 대강의 내용을 확정하는 게 관례였다. 심지어 국회의 가장 기본적인 책무 중 하나인 입법 활동만 보더라도 정부 입안이 대부분이었고 의원 입법은 보조적인 경우가 많았다.

그러나 1997년 12월 대통령 선거를 통해 평화적인 정권 교체가 이루어지고, 2000년대에 들어서면서 정당 활동은 민주화 투쟁에서 정책 개발 특히 민생경제를 염두에 둔 정책 개발 쪽으로 방향을 틀게 되었다. 입법 활동도 예외가 아니어서 정부 입법은 줄어들고 의원 입법이 주류를 이루게 되었다. 이런 현상은 10년 주기로 여야가 공수 교대하면서 한층 더 강화되었고, 정부의 영향력은 그만큼 축소되었다.

예전에는 똑똑한 사무관이 아이디어를 내고 경험 있는 국 · 과장들의 조언과 현장 보고를 결합하여 개별 정책으로 완성한 뒤, 국회의 별다른 제지 없이 장·차관 결재를 득하고 나서 지원 대상별로 시행할 수 있었다. 하지만 현재 우리나라의 정책 결정 과정은 확연히 달라졌다. 정책 아이디어가 정부에서 나오기도 하지만 정치권에서 톱다운(top-down) 형식으로 진행되는 경우가 크게 늘었다. 특히 파급 효과가 큰 정책일수록 그런 경향이 강해졌다. 한 마디로 큰 정책 방향을 정하고 법률을 실제로 제·개정하는 권한과 실제 실행 동력이 정부에서 국회로 이동해 버린 것이다. 게임의 판이 완전히 바뀌었다고 볼 수 있다.

따라서 사회적 공공성을 추구하거나 고향을 발전시키는 일도 정부나 공공기관에서 추진하는 것보다 국회에서 정책의 기본방향이나 실행에 필요한 틀을 만드는 게 더 효과적인 것이 되었다. 개별적인 정책도 그렇지만 중·장기적인 제도와 정책을 다루는 법 개정을 위해서는 국회가 독보적인 권한을 가지고 있고, 그래서 그 지역, 그 집단의 대표성을 가진 사람이 국회 안으로 들어가야 한다. 국회에서 적극적으로 입법 활동을 하는 게 지역의 균형 발전 혹은 중장기적인 비전, 관심이 필요한 사안을 다루는 데 더 효과적인 것이다.

예컨대 강원도처럼 국가 정책에서 소외당한 지역이 산업 정책이나 지역 정책 측면에서 불이익을 받지 않도록 하는 것은 물론이고, 평화 경제를 선도하는 산업 에너지의 허브로 도약하기 위한 집중 투자를 유치하려면 전문성과 경륜, 강원도를 사랑하고 변화시키려는 의지를 가진 인재들이 국회에 입성해야 한다. 강원도 차원에서는 강원도를 대변하고 한국의 미래를 움직이며 젊은이들의 심장을 뛰게 할 수 있는 비전과 정책들을 만들어 나아가야 한다. 이를 위해서는 경제와 산업 분야에 경륜이 있는 지역 출신 국회의원이 나서서 국회와 강원도를 아우르는 종합적이고 입체적인 정책들을 만들어야 한다.

소상공인과 사회적 약자 집단도 마찬가지다. 자신들의 불합리한 상황을 개선하고 그러한 상황을 대변해 줄 정치 집단을 만들고, 국회로 들어가 법과 제도를 만들어 그것을 정책으로 끌어내야 한다. 그래야 나의 삶을, 나의 일터를 지키고, 나의 권리를 지켜 삶의 질을 높일 수 있다. 또한 건강하고 안전하고 견고한 사회적 환경을 우리 자식 세대에게 물려줄 수 있다. 나는 공직에 있는 동안 법이 만들어지고 그것에 따라 제도와 정책이 실현되는 과정을 목격하고 경험했다. 그 경험을 나를 위해서가 아니라 강원도와 소상공인, 사회적 약자를 위해 쓰고 싶은 마음이고, 그것이 내가 정치를 하고자 하는 이유이기도 하다.

매듭은 곧 또 하나의
시작

그동안 나는 공직과 공직 유관기관에서 평생 공직자 윤리규정과 감사기관의 그늘에서 나름대로 열심히 살아왔다. 상공부라는 중앙부처 공무원으로 30년 넘게 일했고, 다시 공공기관의 장으로 6년 가까이 근무해 왔다. 언제나 궂은일을 마다하지 않았고 현안이 쌓여 있는 곳을 다녀서 '해결사'라는 별명도 갖게 됐다.

현안이 있는 곳에서 난제와 매듭을 풀고 다른 보직으로 옮기고 나면 내가 해결한 결과를 두고 후임자를 포함한 관련자들이 서로 자기 성과라며 자랑하고 다니는 것도 여러 번 보았다. 뿐만 아니라 내가 좋은 보직만 찾아다닌다는 누명을 쓴 것도 한두 번이 아니었다. 어이없는 일이었지만 그것에 관해 불평하지 않았다. 왜냐하면 그런 것에 신경 쓸 시간도 없었고 쓸 필요도 없었다. 내가 치고 올라갈까봐 걱정되는 윗사람들이나 스스로 잠재적 경쟁자라고 생각했던 사람들이라면 모를까 후배들과 정책 이해 관계자들은 나에 대해, 나의 성과에 대해 너무나 잘 알고 있어서였다. 나를 질시하는 이들의 말에는 귀를 닫고, 대신 나를 믿고 함께 손발 맞춰준 후배들과 중소·중견 기업인들, 소상공인들과 현안을 논의하는 게 나에게는 매우 행복했고 그런 시간을 보낼 수 있었음에 감사하게 생각한다.

성과만 보면 나는 산업부 안에서 독보적이고 전설적이었다. 공무원 중에는 위에서 지시하면 그것에 따라 보고서를 잘 쓰는 사람이 많다. 나도 물론 보고서는 잘 쓴다. 하지만 보고서는 보고서일 뿐이다. 보고서를 쓰면 그것이 채택되고, 법으로 만들어지고, 정책으로 실현돼서 국민이 규제를 따르도록 해야 한다. 사무관 때부터 초지일관 그런 입장이었다. 그래서 헛소리 따위 않고 땅에 발을 딛고 현장을 보고 확인한 다음 보고서를 만들어 그것을 실현시켰다. 후배들에게도 그렇게 가르쳤다. 나는 말로만 하는 것이 아니라 뜻을 세우면 끝까지 갔고 그것을 관철시키기 위해서 대통령까지 설득하고 다녔다.

어려운 상황일수록 꼭 해결해 보겠다는 의지가 솟구쳤다. 그 의지와 긍정적인 생각이 좋은 결과를 가져온다는 피그말리온 효과가 겹쳐 마지막에는 반드시 목표한 성과를 내곤 했다. 그렇게 탄생한 정책의 대표적인 게 알뜰주유소, 유통상생, 지역신용보증기금 등이었다.

그럼에도 황당한 지역주의 여파로 박근혜 정부 출범과 함께 공직을 그만둘 수밖에 없었다. 이후 산업기술진흥원의 원장으로 지낼 때도 여러 차례 견제가 있었지만 일만 생각하며 그 시간을 견뎠다.

문재인 정부에서도 수난은 계속됐다. 정부가 에너지 전환정책을 핵심 아젠다로 들고나오자 한국수력원자력의 위상이 흔들리기 시작했고, 신고리 5·6호기 건설 중단과 관련한 공론화 과정을 거치면서 원전에 대한 찬반 여론이 극명하게 갈리었다. 그런 상황에서 한국수력원자력 사장이라는 자리가 '뜨거운 감자'가 되어 버렸다. 그만큼 적임자를 찾기 어려운 상황이었다. 나에게 첫 제의가 왔을 때 당연히 거절했다. 이유는 CEO로서의 일보다 정치적인 논란에 휘말리게 되어 본연의 업무를 제대로 할 수 없을 거라는 우려가 커서였다. 그래서 먼저 방어적 태도를 보일 수밖에 없었다. 결국 거듭되는 설득과 여러 상황이 맞물려 CEO 공모에 응하게 됐다. 취임 후에는 원전의 안전 운영을 통한 전력의 안정적 공급과 기업의 지속가능 경영을 위해 과감한 혁신 드라이브를 걸고 한수원을 글로벌 종합에너지기업으로 거듭나게 하기 위한 작업에 착수했다. 고민에 고민을 거듭한 끝에 모든 변화와 성장 프로그램을 전담할 조직과 인선을 마치고 현장 중심의 행보에 나섰다. 그 과정에서 저항도 있었지만, 공감하는 분위기가 우세했고 직원들 눈빛에서도 다시 해보자는 결의가 읽혔다.

긍정적인 내부 반응과 달리 국회와 일부 언론의 공격은 매우 집요하고 감정적이었다. 많은 건의 고소와 고발을 당하고 내 실명을 거론하는 인신공격성 왜곡 기사에 노출되었지만, 정상적인 방법으로 나와 회사를 방어하기 쉽지 않았다. 국회에서는 다수의 의원이 내용도 제대로 파악하지 못한 채 '역사의 심판을 받으라'고 하거나 '감방이나 가라'는 등 입에 담지 못할 감정적인 폭언을 수없이 퍼부었다.

그런 수난을 받으면서 가슴속에 묻어두었던 정치에 대한 생각이 머리를 들기 시작했다. 현안을 제대로 인지하지 못하고 폭언만 일삼는 엉터리 의정을 바로잡고 싶은 마음이 든 것이다. 언제까지 답변석에 앉아서 "예. 시정하겠습니다."라는 말만 계속할 것인지를 스스로 묻고 또 물었다. 이미 대한민국의 모든 정책의 방향을 정하는 큰 권한은 국회로, 지역에서의 실행권한은 지방자치단체로 다 넘어간 마당에 무엇을 더 망설여야 하나 싶었다.

다만 그때 당시 고민되는 것은 딱 하나였다. 한수원 사장으로서의 임기가 남아있어서였다. 새롭게 시도했던 제도와 변화가 무너지지는 않을까 걱정이 되었다. 하지만 이미 기본과 원칙을 확립해 두었고, 일하는 방식과 네트워킹을 활용하는 방법, 정부와의 관계 설정에 대한 노하우와 실행 전략을 모두 전수했기 때문에 큰 문제는 없으리라 보았다. 또 어떤 의미에서는 국회에서야말로 한수원의 후원자가 될 수 있을 것이라는 판단도 들었다. 하지만 여전히 과제가 산적해 있는 한수원을 외면할 수 없어서 임기를 마칠 때까지 원장의 역할을 충실히 해냈다.

한수원의 CEO로서 정부의 에너지전환 정책을 수행함은 물론 원전의 안전 운영, 생태계 유지, 해외 진출, 더 나아가 수소 등 신사업을 통한 종합에너지기업으로서의 도약을 위한 계기를 마련하였다. 한편으로는 현장경영과 일과 성과중심의 문화를 만들어 'Love Yourself, Wonderful KHNP'를 모토로 직원들이 신나게 일할 수 있는 분위기를 조성해 살아 움직이는 조직으로 거듭나게 하였다. 그리고 원래 주어졌던 임기보다 1년 5개월을 넘긴 2022

년 8월 말에 한수원 사장으로서의 매듭을 짓게 되었다. 비로소 산업부 공무원과 한국산업기술진흥원, 한수원 CEO를 지나는 공직의 마무리를 하게 된 것이다. 그리고 임기를 마친 후 한동안 공직에서 쌓은 경륜과 그동안 꿈꾸어 왔던 이상을 실현할 수 있는 무대를 모색했고, 내가 있어야 할 자리, 나를 필요로 하는 사람들 옆에서 새로운 삶을 살기 위한 걸음을 걷기 시작했다. 하나의 매듭을 짓고 난 후 새로 매듭지어야 할 출발선에 선 것이다.

2018. 4. 14. 한수원 사장 시절 노을그린에너지 방문

Chapter 3

일을 예술처럼

통상마찰의
현장

1988년 군에서 제대하고 돌아와 상공부에 다시 자리를 잡은 곳은 통상 파트였다. 주로 아주통상과에 근무하면서 서남아, 동남아(ASEAN), 일본, 대만과 중국을 대상으로 관련 업무를 바꿔가며 근무했는데, 그때도 심심치 않게 통상 분규 내지는 마찰이 심하게 일어나곤 했다. 요즘처럼 FTA 등 국가 전체 입장에서는 중요하지 않을 수 있지만, 특정 산업과 품목에는 큰 영향을 미치는 일이라 관련 업계는 긴장할 수밖에 없었다.

당시 통상 파트는 김철수 차관보가 주축이었다. 또 박운서 전 통상산업부 차관이 산업정책국장을 맡아 특유의 협상력으로 유명세를 떨치고 있었다. 제일 기억에 남는 대목은 대일 섬유쿼터 협상과 동남아시아 개발도상국들에게 관세를 양보해 주는 방콕협정 협상이었다. 국내 섬유업계에서는 사활을 걸고 매달리기 일쑤여서 실무 협상에 나서는 사무관들까지 몇 달 전부터 야근과 밤샘 작업을 해야 했다. 요즘처럼 국책연구 기관이나 단체가 도와주는 시절이 아니어서 모든 자료를 중앙부처 공무원들이 대부분 만들었기 때문에 협상이 끝나면 녹초가 되었다. 그래도 우리 산업과 지역, 그리고 나라를 위해 일한다는 자부심으로 힘든 줄 모르고 일했다.

또 그때는 중국을 중공이라 부르고 외교 관계가 수립되기 전이라서 지금의 대만 즉, 중화민국과 경제 협력이 중요한 시기이기도 했다. 특히 탄탄한 중소기업들로 구성된 대만 경제시스템에 대해 OECD에서도 높게 평가하고 있었고, 반면 우리나라는 중화학 중심의 대기업 주도 시스템이라는 평가를 받고 있었다.

이렇다 할 대기업이 없던 대만은 한국으로부터 자동차를 수입하고 있었다. 그런데 2~3년마다 다음 수입 쿼터를 정하는 과정은 가관이었다. '감정적 충돌', '수입 중단 불사' '계속되는 통상 협박' 등등 자극적인 문구들이 양국 신문 지면을 도배하곤 했다. 그러나 협상은 협상인 만큼 언제나 마지막에는 유종의 미를 거두며 양측의 박수 속에 협상이 마무리되곤 했다. '대만 자동차 수출쿼터' 뿐만 아니라 '대일 섬유쿼터', '방콕협정', '대미 GSP협정' 등 여러 협정이 그랬다. 지금 생각하면 통상마찰의 현장에도 낭만이 있던 시기였던 것 같다.

반면 비교적 최근에 있었던 미·중 무역 갈등이나 한·일 경제전쟁은 분쟁의 규모도 크고, 그 뿌리도 역사적·이념적 성향을 띠고 있어서 더 아슬아슬했고 상황에 따라 파괴적인 결과를 가져올 수 있었다. 한·일 경제전쟁에서 우리가 승리하거나 최소한 지지 않기 위해서는 과거와 현재를 공부하고 이해하며 무엇보다 실력

을 길러야 한다. 또한 기초 응용과학 기술을 상용화시키려는 의지
와 실천, 노력이 계속되어야 한다. 100년 전 한일합방의 수치스
러운 날을 잊지 않고, 끈질기게 노력할 때만 닫힌 문대신 다른 문
이 열릴 것이다. 분명한 것은 과학에는 국경이 없을지 몰라도 과
학자에겐 조국이 있다는 것이다. 그리고 과학기술자들의 역량이
기업가 정신과 결합하여 국가의 운명을 좌우하게 된다.

국제무대와
그것의 연장

상공부 초년생 시절을 거쳐 IMF 외환위기 때 중소기업청 자금 지원과장으로 갔다가 본부에 전자상거래과가 신설되면서 다시 본부 과장으로 복귀했다. 그 후 2000년 2월 캐나다 상무관으로 발령이 났다. 현지에서 영어로 업무를 수행하느라 꽤 고생했지만, 국제핵융합실험로(ITER) 프로젝트 가입 협상은 특별히 기억에 남는다. 국제핵융합실험로(ITER) 프로젝트는 쉽게 말하면 인공태양을 만드는 국제공동사업이었다. 지금도 참여국 중에서 한국이 중국과 함께 미국, EU, 일본, 인도 등을 선도하고 있어서 기분이 좋고 한수원 사장 시절에는 미래 원자력 먹거리로써 도움을 주기도 했다.

국장 시절에는 국내 현안을 해결하느라 국제적인 활동을 할 겨를이 없었다. 그러다가 2009년 하노버 메세(일종의 기계종합박람회)에 한국이 주도적으로 참여하면서 기획부터 홍보, 대규모 사절단 조직 및 수출 촉진 활동을 현지에서 벌였다.

차관보 시절에는 산업부에서 네 가지 보직을 소화했지만 해외 출장이라고는 단 한 번뿐이었다. 그만큼 국내에서 다양한 이슈를 다루고 있어서였다. 마지막 보직인 산업정책실장 시절에는 과장 때부터 인연이 있었던 EU의 국제공동연구개발 프로젝트인 유레카 프로젝트 준회원국 연장을 위해 헝가리 부다페스트에서 열린 총회에 가서 지지 요청 스피치를 하기도 했다.

한국산업기술진흥원 시절에는 진흥원이 유레카 업무를 담당했기 때문에 원장 취임 후 매년 총회에 참석했다. 코리아 유레카데이 행사를 하고, 그것의 연장으로 국내에서도 국제공동연구를 위한 파트너스데이를 개최하기도 하였다.

한수원 사장으로 취임하고 나서는 에너지전환정책으로 인해 국회, 언론 등으로부터 '과분한' 관심을 받기도 했지만 국제무대에 서야 할 일이 많아졌다. 첫 번째가 국제원자력사업자협회(WANO : World Association Nuclear Operators) 활동이었는데 런던의 본부이사로 등재한 후 우리 원자력 역량에 맞는 역할을 수행해야 했다. 나는 형식보다는 실질을 중시했기 때문에 4대 센터 중 하나인 도쿄센터 이사장 가입 협상을 지시했고 2019년부터 본격적인 활동에 들어갔다. 센터 역량 제고, 이사회 기능 강화 및 예산 절감을 중심으로 도쿄센터 개혁 작업에 착수했고 여타 센터는 물론 아시아 원전운영 국가들에게 모범을 보일 수 있도록 노력했다.

두 번째는 국제원자력기구인 IAEA(International Atomic

Energy Agency)와의 협업이었다. 컨설팅 차원의 평가를 받기도 하고 공동으로 국제세미나와 워크숍을 열기도 했다. 2018년에는 인적역량개발을 위한 국제세미나를 IAEA와 한수원이 경주에서 공동 개최하였다.

세 번째는 미국 전력연구원(EPRI : Electric Power Research Institute)의 국제이사로서의 활동이었다. 매년 주요 이사회에 직접 참석하거나 서면을 전달하는 방식으로 해외 회원국의 입장을 대변하고 우리 전력산업의 관심 분야가 연구과제로 채택되도록 노력을 기울여야 했다. 2019년 봄에는 미래 원자력 혁신을 위한 국제행사를 EPRI와 한수원이 경주에서 공동 개최하였다. 이산화탄소 저감과 전력비지니스 혁신, 신재생에너지와 원자력에너지의 공존 등에 대해 다양한 논의가 이루어졌다. 한수원 사람으로서 뿐만 아니라 국제무대에서 기술개발이나 에너지 문제를 논의하면서 우리의 입장을 대변하고 공동발전을 도모하는 것은 필요한 일이고 앞으로도 지속해서 노력을 기울일 필요가 있다.

이와 같은 대규모 국제행사들은 특정 지역 발전에 기여할 수 있다. 경주만 해도 원자력의 메카로 거듭나면서 일 년 내내 크고 작은 원자력 또는 에너지 융복합 국제행사가 이어지고 있다. 강원도의 여러 지역에서도 그러한 일은 가능하다. 동해, 삼척지역에 많은 화력발전소와 가스 기지가 들어와 있고 춘천이나 원주 등에서도 수력, 수소연료전지 사업 등을 통해 청정에너지 허브로 나아갈 수 있는 여지가 있다. 따라서 일차적으로 허브의 중심이 될 만한 연구센터를 두면 강원 영서와 영동 지방을 잇는 MICE(Meeting, Incentive Travel, Convention, Exhibition) 거점을 육성할 수 있다. 매년 1월이면 세계경제포럼이 열리는 스위스의 다보스도 처음에는 꿈꾸면서 시작했다. 국제무대와 강원도를 이어주는 꿈을 함께 꾼다면, 그 꿈이 바로 성공을 위한 시작이 될 것이다.

국제무대에서 경쟁력을 가지려면 적극적인 교류가 필수적이다. 한국산업기술진흥원장 시절 '코리아 유레카데이' 행사 모습

연애의
기술

러시아 작곡가 차이콥스키의 역작으로 꼽히는 '백조의 호수'는 1877년 초연 당시에는 반응이 좋지 않았다고 한다. 하지만 전설적인 안무가 마리우스 프티파가 합류하면서 1895년 새롭게 탄생했고, 100년이 훨씬 지난 지금까지도 세계인의 사랑을 받는 발레로 기억되고 있다. 차이콥스키와 마리우스 프티파라는 조합이 없었다면 '백조의 호수'는 지금의 명성을 얻지 못했을지도 모른다.

돈키호테는 어떤가. 그의 시종인 산초 판자가 없었다면 돈키호테가 험난한 무사 순례의 길을 계속할 수 있었을까. 명탐정 셜록 홈스도 그의 친구인 존 왓슨이 있었기에 독보적인 캐릭터로 자리를 잡았을 것이다. 돈키호테와 산초, 셜록과 존은 서로를 빛내 주는 최고의 파트너이자 훌륭한 짝꿍이다. 마치 완제품 업체와 부품 업체 사이처럼 떼려야 뗄 수 없는 관계이다.

함께 있어야 더욱 빛나는 존재는 또 있다. 바로 기업과 학교다. 학교는 인재를 양성하고 배출하는 산실이며, 기업은 그 인재들을 흡수하고 활용하는 곳이다. 성공적인 산학협력은 학교와 기업 현장에 활력을 부여하고 산업의 경쟁력을 키우는 비타민으로 작용한다. 학교와 기업은 단순한 인재 공급자와 수요자가 아닌, 보다 긴밀한 공생 관계를 형성해야만 한다. 마치 연애처럼.

물론 연애는 마음만으로 성공할 수는 없다. 무릇 남녀 사이에 연애할 때도 상대방의 관심을 끌기 위해 자신을 가꾸는 데 투자하고, 밀고 당기는 소위 밀당 기술도 필요한 법인데, 산학 간의 연애도 예외는 아닐 것이다. 산학협력이 달콤한 밀월이 되기 위해서는 자신의 매력도를 높이는 노력, '연애의 기술'이 필요하다.

우선 기업은 인적 자원을 투자의 대상이 아닌 비용의 대상으로 보는 시각을 바꿔야 한다. 또한 선호하는 인재상과 직무수행에 필요한 지식수준을 정확하게 파악하여 대학에 요구할 수 있어야 한다. 대학 역시 취업률을 높이기 위해 무조건 학생들을 내보내기보다는 학생들이 실용적 지식을 갖추고 문제 해결 능력을 키울 수 있도록 공학교육의 틀을 뜯어고쳐야 한다. 사회와 국가 발전에 이바지할 인재를 길러내는 것은 대학의 책무나 다름없기 때문이다.

일을
예술처럼

〈신칸센 극장〉이라는 말이 있다. 이 말은 우리나라에는 '7분간의 기적'이라는 책을 통해 알려졌으며 국내외 여러 언론에서도 소개된 적이 있다. 〈신칸센 극장〉은 일본의 한 청소용역 업체가 고속열차인 신칸센을 청소하는 작업을 가리키는 말이다.

일본 JR그룹의 청소 전문 자회사인 텟세이는 신칸센 열차가 기차역에 정차해 승객들이 내리고 난 다음, 새로운 승객들이 오르기 직전인 약 7분의 시간 동안 정해진 매뉴얼에 따라 신속하고 정확하게 쓰레기를 처리하고, 먼지 닦기, 좌석 정리, 바닥 쓸기 등을 마친다. 이들의 작업은 단순히 청소라는 본질을 뛰어넘어 고객에게 볼거리와 여행의 추억을 선사한다. 청소를 하기 전과 마친 후에 승객들에게 고개 숙여 인사하는 모습에서는 업무에 대한 자부심과 긍지, 열정이 묻어나기도 한다.

텟세이의 청소 작업이 〈신칸센 극장〉으로 불리며 하나의 예술 작품이라는 찬사까지 받게 된 것은 바로 직원들의 서비스 의식 덕분이다. 고객에게 청결함과 산뜻함, 따뜻함과 안심을 제공하겠다는 마음이 고객의 감동을 끌어낸다. 어쩌면 별것 아닌 것처럼 보일 수 있는 일이지만 작은 것에서도 정성을 다함으로써 세계 최고의 서비스를 제공할 수 있다는 것을 〈신칸센 극장〉을 통해 알 수 있다.

또한 〈신칸센 극장〉은 '현장에 있는 사람들로부터 혁신이 시작된다'라는 진리를 대변하는 사례이기도 하다. 조직이 성공하려면 무엇보다 현장에서 일하는 사람들이 고객 감동이라는 하나의 목표를 향해 움직여야 하는데 〈신칸센 극장〉을 그대로 보여주고 있다.

고객 감동은 큰 게 아니다. 작고 사소한 것에서 시작할 때가 많다. 진심으로 고객이 원하는 바를 경청하고 해결책을 함께 고민하는 것, 그런 디테일이 모이면 〈신칸센 극장〉처럼 고객의 감동을 끌어낼 수 있을 것이다.

혁신의 원동력, 공동체 정신

중국을 대표하는 전자상거래 업체인 알리바바 그룹은 1999년 항저우에 있는 어느 작은 아파트에서 시작됐다고 한다. 알리바바 그룹은 창업 15년 만인 2014년에 미국 뉴욕증시 사상 최대 규모의 기업공개 (IPO) 규모인 250억 달러를 끌어모으며 화려하게 등장해 세계인들의 시선을 끌었다.

창업자 마윈 회장은 경영철학으로도 유명하다. 그는 회사의 목표가 '하늘 아래 어디에서나 사업하는 데 어려움이 없게 하려면'이라고 강조한다. 또한 '소상공인, 개인 소비자, 택배 기사 등이 모두 성공해야 알리바바의 성공도 비로소 의미가 있다'라고 말한다. 그래서 글로벌 1위 기업이 아닌 '위대한 기업', 중소기업을 위한 기업, 지속가능한 성장의 토대를 만드는 기업을 꿈꾸고 표방한다.

마윈 회장의 생각은 CEO 혼자만 좋은 것이 아니라 사회 공동체 전체에 기여할 수 있는 방향으로 기업 활동을 펼쳐 나갈 때 기업이 창출할 수 있는 가치가 훨씬 커지고 빛날 수 있다는 것을 보여준다. 마윈은 어느 해에는 환경보호, 교육, 의료 분야 자선 활동을 위해 169억 위안(약 3조 원)을 기부하여 중국 기부자 순위 1위에 오르기도 했다. 그것만 봐도 그의 말이 빈말에만 그치지 않는다는 것을 알 수 있다.

기업 CEO들이 보여주는 노블레스 오블리주는 우리나라에도 있다. 벤처 1세대로 꼽히는 김정주 NXC 대표, 김택진 엔씨소프트 대표, 이해진 네이버 이사회 의장, 김범수 다음카카오 이사회 의장, 이재웅 다음 창업자는 'C 프로그램'이라는 이름의 벤처자선기업을 만들었다. 창의성과 도전정신이 뛰어난 개인 혹은 단체를 후원하기 위해 자발적으로 사재를 출연한 것이다.

이처럼 사람들이 주목하는 혁신가들의 삶에는 공통점이 있다. 바로 따뜻한 공동체를 꿈꾸는 기업인들이라는 점이다. 그들을 보면서 생각의 지평을 '나'에서 '모두'로 확장할 때, 혁신적인 아이디어와 제품은 자연스럽게 나올 수밖에 없다는 것을 깨닫곤 한다.

'남을 생각할 줄 아는 사람들이 역시 혁신도 잘한다.'

콘트라베이스

독일의 작가 파트리크 쥐스킨트가 1984년 발표한 희곡 겸 소설 '콘트라베이스'는 오케스트라에서 일하는 한 남성 콘트라베이스 연주자의 이야기를 다루고 있다. 마치 큰 바이올린처럼 생긴 콘트라베이스는 총길이가 약 2m에 달할 정도로 거구(巨軀)의 악기이다. 현악기 중에서는 물론이고 모든 악기 중에서도 가장 낮은 음역대를 담당한다. 그래서 같은 선율이라도 바이올린보다는 비올라, 비올라보다는 첼로, 첼로보다는 콘트라베이스가 연주하는 것이 더 구슬프고 애절하게 들린다.

콘트라베이스는 워낙 덩치가 크다 보니 오케스트라 공연에서도 맨 뒤에 배치된다. 음역대가 낮고 독주가 불가능해서 아마도 콘트라베이스 소리만 따로 집중해 들어본 사람들은 많지 않을 것이다. 그래서 파트리크 쥐스킨트의 소설 속 주인공 역시 콘트라베이스의 중요성을 아무도 알아주지 않는다며 서글퍼한다.

하지만 이런 비운의 악기도 오케스트라에서는 결코 빠질 수 없는 존재다. 콘트라베이스의 낮은음이 바탕에 깔려 있지 않으면 오케스트라 속 다른 악기의 음색이 조화를 이루기 어려워 제 역할을 해내기 힘들다. 이는 콘트라베이스가 만든 탄탄한 기초 없이는 다른 악기들이 음악이라는 집을 지을 수 없다는 뜻이기도 하다.

있는 듯 없는 듯 묵묵하게 일하는 존재, 평소에는 누구도 주목하지 않지만 꼭 필요한 존재. 콘트라베이스가 던지는 질문을 가만히 곱씹어 볼수록 공공기관과 공직자의 역할이 그러해야 하지 않는지를 떠올리게 된다. 공공기관의 존재 의미를 증명하기 위해서는, 고객들에게 필요한 정부 정책이 제대로 전달될 수 있도록 보이지 않는 곳에서도 끝까지 묵묵하게 일해야 한다는 것을 보여주기 때문이다.

공공기관만 그렇겠는가. 우리가 사는 주변에서도 마찬가지다. 회사에서도 그렇고 마을에서도 그렇고 조직에서도 그런 역할을 하는 사람이 있다. 요즘 자주 만나는 소상공인 조직에서도 그런 분이 있다. 다들 자기 목소리를 내고 있을 때 그 목소리를 조용히 청취하며 구성원들의 의견을 조율하고 조직의 중심을 잡아주는 이가 있다. 나는 그런 이들이야말로 우리 사회에서 참으로 귀하다고 생각한다.

친절한
약 봉투

몇 년 전부터 약 봉투가 달라지고 있다. 흰 바탕에 환자 이름, 간단한 복용법, 약국 이름만 쓰여 있던 것이, 요즘은 약 종류별 이름과 함께 어떻게 생겼는지 사진이 들어가고 효능과 부작용이 함께 표시되는 형태로 바뀌었다. 약 봉투 자체가 '복약 설명서'로 진화한 것이다.

이는 환자들에게 복약 지도를 제대로 하지 않으면 과태료까지 물리는 개정 약사법이 시행된 데 따른 변화이긴 하지만, 어쨌거나 약 봉투의 '친절한 변신'은 매우 반가운 일이다. 얼마 전까지는 약국에 가더라도 '아침, 점심, 저녁, 하루 세 번, 식후 30분에 드세요'라는 말이 고작이었는데 이런 약 봉투를 받아들면 약사에게서 제대로 된 서비스를 받고 있다는 느낌이 들기도 해서다.

모든 조직이 '수요자 중심', '소비자 중심', '고객 중심'의 서비스를 지향한다고 한다. 하지만 소비자들도 그렇게 생각하는지는 의문이다. 혹시 그렇게 외치는 사람만 있고 들어주는 사람은 없는 일방적인 소통은 아니었을까? 아무리 좋은 정책과 정보가 있어도 소비자들이 원하는 효율적인 방법으로 전달하지 않으면 소용이 없다. 마치 밥상에 진수성찬이 차려 있어도 숟가락과 젓가락이 없어서 먹지 못하는 상황처럼 말이다.

기업에서도 내부고객인 직원들과의 소통이 중요하다.
사진은 한수원 사장 시절 신입사원 입사식에서 신입사원들과 함께

가장 소중한 자산은
행복

과거에 가난한 사람들은 겨울나는 게 무섭다고 했다. 겨울이 길고 추워서 난방비가 많이 들고 어떤 집은 얼기설기 지은 탓에 외풍이 들어와 방 안에 있어도 한기를 피할 수 없어서였다. 하지만 지금은 겨울보다 여름을 나는 게 더 무섭게 느껴지곤 한다. 지독한 가뭄 때문에 농작물도 걱정되고, 날씨가 아열대 기후처럼 변해 집중 폭우가 쏟아져 크고 작은 사고들이 최근 몇 년 사이 꽤 많이 일어났다. 더위는 또 어떤가. 폭염으로 인해 집 밖을 나서는 게 두려울 정도고 이제는 에어컨이 생활필수품이 돼서 전기료 폭탄을 걱정해야 할 정도다.

이러한 기후변화는 우리나라만 겪는 것이 아니다. 북극과 남극에선 빙하가 녹고 있고, 그로 인해 세계 곳곳에서 해수면이 상승하고 있다. 2022년 파키스탄에서는 역대 최악의 홍수가 발생해 국토의 3분의 1일이 잠기는 피해를 입기도 했다. 북극의 빙하가 녹고 해수면이 상승해서 해변이 유실되고, 최악의 홍수로 국토가 물에 잠기는 등의 일은 해당 국가의 책임이라기보다는 편리함을 추구하고 그로 인해 무분별한 소비를 일삼는 선진국의 잘못이 더 크다고 볼 수 있다.

원래 기후의 변화라는 것은 산과 들, 물 같은 지형의 큰 변화와 관계가 있으니 100년도 못사는 인간이 체감할 만한 것이 아니지만 불과 20년, 30년 새에 이렇게 뚜렷하게 변한 것은 인간이 자연에 끼친 영향 때문일 것이다. 조금 더 편리하고 안락하고자 했던 인간의 욕심이 낳은 결과가 더 큰 불편함을 가져오게 됐으니 아이러니할 뿐이다.

세계에서 가장 가난한 대통령으로 알려진 우루과이의 무히카 전 대통령이 2012년 브라질 리우 국제회의에서 한 명연설이 있다. 모두가 지속가능한 발전과 빈곤 타파를 논할 때 그는 이렇게 물었다.

"독일 가정에서 소유한 자동차와 같은 수의 차를 인도인이 소유한다면 이 지구는 어떻게 될까요? 우리가 숨 쉴 수 있는 산소가 어느 정도나 남을까요? 서양의 부유한 사회의 일반적인 소비 행태를 세계의 70~80억 사람이 할 수 있을 정도의 자원이 지구에 있을까요?"

조용해진 세계 정상들을 향해 그는 또 이렇게 말했다.

"개발이 행복을 가로막아선 안 됩니다. 개발은 행복, 지구에 대한 사랑, 인간관계, 아이 돌봄, 친구 사귀기 등 우리가 가진 기본

적인 욕구를 충족시켜줘야 합니다. 동굴 시대로 돌아가자는 것이
아니라 우리가 만들어 낸 것을 통제할 수 있어야 한다는 것입니
다. 우리가 가진 가장 소중한 자산은 바로 행복이기 때문입니다."

4차 산업혁명이라는 거대한 흐름 앞에서 문득 초조하고 먹먹해
질 때마다 무히카 전 대통령의 말을 떠올려 본다. 기술의 발전이
향하는 것은 결국 인간이어야 한다는 것을. 우리는 모두 행복하기
위해 이 지구에 왔다. 기술도, 산업도, 정치도, 모두가 행복할 수
있는 방향으로 나아갔으면 한다.

클래식 음악에
조예가 깊으신가요?

결론부터 이야기하면 그렇지 않다. 나는 초보 수준의 클래식 음악 애호가다. 처음 클래식 음악을 접하게 된 것은 산업부 국장 시절이었다. 이해관계 대립이 극심한 회의를 주재하는 날 아침에는 일찍 출근해서 조용하게 힐링 음악을 들은 뒤 회의장에 들어가곤 했다. 2007년 1월부터 시작된 아침 클래식 듣기는 3~5분가량 모차르트, 슈베르트, 멘델스존의 소품이나, 협주곡 개별 악장 등이었다가 업무 범위가 넓어지면서 듣고 싶은 대상과 연주의 길이도 10~30분 정도로 늘어났다. 그러다 보니 자연스럽게 하이든, 베토벤, 슈만, 브람스 등 주요 작곡가들의 음악도 접하게 되었고 베르디, 푸치니를 중심으로 한 오페라 아리아도 가끔씩 찾게 되었다. 하지만 공연장을 찾을 시간적 여유는 거의 없었다. 공연장에서 직접 듣고 싶은 생각은 많았지만 1년에 한 두번 예술의 전당에 가는 게 전부였다.

그러다가 2010년 무렵 지인의 부탁으로 서희태 지휘자의 자선 콘서트 티켓을 여러 장 구입하게 되었다. 공연 기획과 행사 취지, 프로그램에 공감이 갔고, 마침 그 무렵에 받은 강연료가 서랍에 들어있어서 티켓을 구입했다. 그러고는 그것을 사무관들과 과장들에게 나누어주었다.

클래식을 고리타분하게 생각하는 사람들도 있지만, 한 번 공연장에 가보면 실보다 득이 훨씬 크다. 티켓 두 장이면 친구나 아내와 둘만의 시간과 공간을 얻을 수 있고, 클래식을 들으면 교양을 쌓은 듯한 자기만족을 얻을 수 있다. 또 그렇게 몇 번 공연장에 가다 보면 제대로 알아듣지는 못해도 음악이 나에게 말을 걸어오거나 공감을 불러일으키는 순간이 늘어나게 된다. 그리고 일상에서도 자주 클래식 음악을 듣게 된다.

나는 서희태 지휘자와 알게 되면서 공연장을 더 자주 찾게 되었고, 클래식 음악에 관한 관심도 늘었다. 그 뒤 시간이 흐르고 선임 차관보(산업정책실장)를 맡고 있을 때였다. 박근혜 정부가 들어서면서 후배들에게 길을 열어 주기 위해 과감하게 사표를 내고 자유인이 되었다. 그렇지만 퇴직 후 행보에 대한 대책이 아무것도 없었고 당분간 하고 싶은 일들을 해보겠다는 생각뿐이었다. 무모하게 보일 수 있지만 일을 내려놓고 지금까지와는 다른 방식으로 살아보고 싶었다. 그래서 수염도 기르고 청바지에 가죽 재킷을 입고 재능기부 강연을 다니며 자유를 만끽했다.

그때 서희태 지휘자와 같이 일하던 기획사 대표가 찾아와 오케스트라단 고문을 맡아달라고 요청했다. 처음엔 내 역할이 아니라고 생각했다. 언감생심, 클래식에 대해 제대로 알지도 못하는데 고문이라니! 나중에 이야기하자 하고 아내와 이탈리아 여행을 다녀왔는데 서희태 지휘자와 기획사 대표 두 사람이 삼성동 개인사무실로 다시 찾아왔다. 그러고는 필요한 무기를 들고 왔다며 같이 프로젝트 오케스트라를 만들어가자고 제안했다. 그 무기는 다름 아닌 명함이었다.

'놀라운 오케스트라단 명예단장'

재미있는 명함이었다. 더군다나 그때 예전 직장의 명함에 전(前)이란 글자를 수기로 넣어서 쓰고 있던 터라 그 명함은 무기라면 무기일 수도 있었다. 나는 명함을 받아들고 유쾌하게 수락했다. 그 후 오케스트라단과 함께 전국을 순회하며 즐겁게 보냈는데, 6개월 후 한국산업기술진흥원장으로 취임하면서 전국 순회에 동행하는 일은 더 이어가지 못했다.

서희태 지휘자와 뜻을 같이하기로 한 날이 아마 2013년 4월 경일 텐데 그때 기념으로 사진을 한 장 찍었다. 그런데 그 사진이 연합뉴스에 인물 동정으로 올라가면서 내 소식을 궁금해하던 각 언론사 경제부 기자들이 사진과 연계한 기사를 쏟아내는 바람에 다시 잠적할 수밖에 없었다.

클래식 음악을 좋아하는 것은 맞지만 지금도 알아가는 중이고 여전히 초보 애호가 수준이다. 다만 음악이든 미술이든 그것을 즐기는 사람이 행복하면 된다고 생각한다. 그러니 어렵다고 생각하지 말고 더 많은 사람이 클래식 음악에 관심을 가졌으면, 그래서 클래식 대중화가 이루어졌으면 좋겠다. 물론 팝송이나 재즈, 국악 그리고 트로트 장르도 좋아한다. 그래서 그날 기분에 따라, 컨디션에 따라 골라서 듣고 있다.

바쁜 업무 중에도 늘 음악과 미술을 즐기는 감성을 잊지 않고 있다.
예술은 삶의 활력소나 다름없다.

그림
좋아하시나 봐요?

"예, 그림 좋아합니다."

　지금은 그리는 것보다 보는 걸 더 좋아하지만 한때는 그림을 많이 그렸다. 아주 어릴 적에 바로 밑에 동생이 나와 나이차 없이 태어나는 바람에 할머니께서 나를 잠시 키워 주셨다. 그때 할아버지가 매일 그림을 그리시면서 따라 해보라고 하셨다. 그때는 그게 뭔지 모르고 따라 그렸는데 지금 생각해보면 사군자였다. 가끔은 할아버지께서 닭이나 참새, 강아지, 잉어도 그려주셨고, 나는 크레파스로 그것을 따라 그리곤 했다. 할아버지의 잘 그린다는 칭찬에 우쭐했지만 그다지 자랑할 만한 수준은 아니었다.

　아버지의 전근으로 서울 동대문구 제기동에 있는 초등학교에 들어가게 되었는데, 서울에 온 지 얼마 안 된 터라 반 친구들에게 촌놈이라고 놀림을 받곤 했다. 요즘 얘기하는 왕따 수준은 아니고 말투를 가지고 놀리는 정도였다. 그래서 나는 자꾸 말수가 줄어들게 되었고 서울 아이들과도 어울리기 싫었다. 그렇다고 계속 그렇게 지낼 수는 없는 노릇이었다. 무언가 돌파구가 필요하다고 생각하며 주위를 둘러보니 여학생들에게 제일 인기 있는 게 종이인형 옷놀이였다. 종이인형 옷놀이는 큰 종이에 맨몸으로 된 공주 혹은 여자아이가 그려져 있었고, 그 옆에는 각종 드레스와 여성복들이 인쇄되어 있어서 그것들을 각각 오려낸 다음에, 마음에 드는 옷을 갈아입히며 노는 놀이였다. 어린 나이에도 살아남기 위해서는 우군이 필요하다고 생각했기에 여학생들이 스케치북을 가져오면 그 위에 공주 옷과 여성 복장을 그려주고는 했다. 그 덕에 무사히 서울의 초등학교에 적응할 수 있었다. 또 남학생들에게는 황금박쥐와 아톰을 그려주어 조금씩 그들과도 친해졌다.

중학교에 들어가서는 미술 사생대회에 선발되어 나가면 학교 수업을 받지 않아도 되고 만약 큰 상을 수상하게 되면 시상식 참석 차 또 학교 수업에 참여하지 않아도 된다는 걸 알게 되었다. 그때부터 각종 미술대회에 부지런히 참가했고, 대회에 나가면 반드시 상을 받아오곤 했다. 그림을 특별히 잘 그렸다기보다는 남과 다른 방식으로 그려서였던 것 같다. 미술학원에서 따로 교습받은 적도 없고 수채화용 붓도 변변치 않아 큰 붓 하나, 가장 얇은 붓 하나, 그렇게 두 개만 들고 다녔다. 물감도 없는 컬러가 더러 있었지만 새로 사지 않고 있는 것만 활용했다. 그러다 보니 남들과는 확연히 다른 그림이 나왔다. 나무줄기는 붉은색이나 보라색으로, 하늘은 하늘색 대신 회색이나 살구색으로 칠하고, 큰 붓 위주로 붓질을 해서 야수파 풍의 그림이 완성되곤 했다. 고등학교 때도 마찬가지였다. 대학 입시를 앞두고는 미대 진학을 고민했는데 아버지의 호통으로 포기할 수밖에 없었다.

어렸을 적에는 나에게 미술은 생존 수단이자 탈출구였고, 성장해서는 자연스럽게 미술을 좋아하게 됐다. 공직에 있을 때는 공무로 세계 각국에 출장을 가게 되면 주말이나 자투리 시간을 활용하여 박물관이나 미술관을 꼭 방문하려고 했다. 그것이 여의치 않을 때는 화보집이라도 사서 비행기 안에서 들여다보곤 했다. 미술 또한 음악과 마찬가지로 어려운 게 아니고 보면서 즐기면 된다. 그래서 행복해지고 내가 만족하면 되는 것이다.

나의 아내도 패션 디자이너로 시작해서 이제는 전문화가의 반열에 올라 그림도 열심히 그리고 가끔 전시회를 열기도 한다. 국립현대미술관에서 아내의 그림을 소장하고 있기도 하다. 다만 내가 한수원 사장으로 재직할 때는 한수원이 공기업이기 때문에 전시회를 열지 않았다. 쓸데없는 구설에 오르기 싫고 아내도 그 정도는 감내해 주겠다고 해서였다. 대신 부부 동반으로 전시회에 자주 가고 페이스북에 전시회를 소개하곤 했다. 그림 감상과 그림 그리기를 통해 마음을 다스리는 게 체화된 듯하다. 전시장을 찾지 못하더라도 유튜브나 SNS가 있어서 시간과 공간의 제약을 받지 않고 그림을 즐길 수 있게 됐다. 그림 애호가로서 바람이 있다면 누구나 미술에 관심을 갖고 좋아하게 되었으면 하는 거다. 그것이 삶의 활력소가 되어줄 것이 분명해서다.

기업 경영도 빈 캔버스에 그림을 그리는 일과 비슷하다. 장인정신의 경영자는
그래서 대가로 불린다. 사진은 한수원 사장 시절 현장경영 모습

Chapter 4

경주에서

글로벌 에너지기업으로서 새로운 역사를 국민과 함께 만들어갑시다.

– 제9대 한국수력원자력 사장 취임사

국내와 해외의 한국수력원자력 임직원 여러분!

오늘은 한국수력원자력이 창립 17주년을 맞이하는 날이자 제가 아홉 번째 사장으로 취임하는 날입니다.

우리 회사는 국가 발전의 원동력인 전기를 가장 많이 만들어내는 회사입니다. 수력과 양수발전 그리고 원자력으로 국내 전력의 약 3분의 1을 생산하는 우리 회사의 역할을 생각할 때 무거운 책임감을 느낍니다. 여러분과 힘을 모아 우리 회사를 흔들리지 않는 회사, 한 단계 성장하는 회사로 만들어 나가는 데 미력하나마 힘을 보태고자 합니다. 이 자리는 여러분과 저의 첫 만남이어서 희망찬 이야기만 하면 좋겠지만, 우리의 현실을 말씀드리지 않을 수 없습니다.

우리 회사는 국민의 기업이지만 동시에 국민의 선택을 받지 못하면 존재하기 어려운 발전사업자입니다. 이러한 우리의 특수성을 한순간도 잊지 말고, 국민을 위해 일한다는 사명감과 책임감을 늘 되새겨야 하겠습니다.

 이미 지난해 정부는 에너지전환 로드맵과 제8차 전력수급기본계획을 발표했습니다. 주요 내용은 원자력을 점진적으로 줄이고 신재생에너지원을 확대하는 것입니다. 그렇다고 직원 여러분께서 불안해하실 것은 없습니다. 에너지전환 정책은 우리가 감내하기 어려운 속도와 수준으로 원전을 감축하는 것이 아닙니다. 60년 이상 충분한 시간과 여유를 갖고 안정적으로 에너지를 전환하자는 것입니다.

 직원 여러분, 에너지전환 정책을 두려워하지 마십시오. 세상이 변하고 있습니다. 이미 4차 산업혁명으로 삶의 질이 바뀌는 것을 경험하고 있지 않습니까. 하드웨어적 원자력에만 의존해서는 우리 회사의 설 곳이 좁아집니다. 우리가 처한 현실을 좀 더 객관화시켜 생각해 봅시다. '상자 밖에서 생각하기'라는 말이 있습니다. 상자 안에서만 생각하면 답이 안 나옵니다. 상자 밖에서 좀 더 넓게 보고 크게 보면 길이 있습니다.

 지금까지 우리 회사가 부산을 향해 달리는 기차였다면 이제는 목적지가 바뀌었다고 생각하면 됩니다. 이미 이 기차는 목적지가 정해졌는데 자꾸 그쪽이 아니라고 하면 힘을 낼 수가 없습니다. 저와 여러분이 힘을 모아서 새로운 비전을 만들어 갑시다. 더 자랑스러운 회사, 더 든든한 회사를 만들어 갑시다. 저는 우리 회사가 세계적인 에너지 종합기업으로 발돋움할 때라고 생각합니다.

신재생에너지나 원전 수출, 원전 해체 역량을 확보하고, 나아가 에너지 종합 컨설팅을 할 수 있는 회사가 되어야 합니다. 4차 산업혁명 시대에 맞는 첨단 기술력을 활용해 원전의 안전성을 획기적으로 높이는 한편, 새로운 분야에 도전하면 새로운 시대의 승자가 될 수 있습니다.

교토삼굴(狡兔三窟)이라는 말이 있습니다. 꾀 많은 토끼는 위기를 대비하여 세 개의 굴을 미리 판다는 이야기입니다. 우리 회사도 급변하는 환경 가운데 승자가 되기 위해서는 지혜로운 토끼가 되어야 하겠습니다.

그런 뜻에서 저는 네 가지 경영방침을 말씀드리고자 합니다.

첫 번째는 원칙을 바로 세우는 것입니다. 일하는 사람이 승진하는 회사를 만들겠습니다. 책임을 미루거나 못 본 척하는 사람은 발붙일 수 없는 분위기를 만들겠습니다. 이런 원칙이 바로 서고 그걸 체감해야 한수원이라는 거대한 톱니바퀴가 제대로 돌아갈 수 있다고 생각합니다.

두 번째는 원전 안전 운영과 건설입니다. 24기의 원전을 안전하게 운영하고, 건설 중인 원전 5기도 세계 최고의 안전한 원전으로 지어야 하겠습니다. 올해 말 1호기 준공을 앞둔 UAE 원전도 시운전과 상업운전이 성공적으로 진행되도록 최선을 다합시다. 빅데이터, AI 등 신기술을 접목하고 IoT를 활용하여 원전 안전성을 획기적으로 향상시킬 수 있는 스마트플랜트를 구현해 봅시다.

세 번째는 사회적 가치 실현입니다. 이제부터 우리 회사의 일하는 원칙은 신뢰와 소통입니다. 과거 원전 주변 지역 지원제도도 원점에서 재검토하여 원전 지역이 사회적 가치 실현의 시발점이 되도록 합시다. 원전산업 생태계가 위축되지 않도록 종합적인 대책을 마련하는 일도 시급합니다. 원전 산업계가 에너지전환 정책으로 어려움을 겪지 않도록 연관 분야와의 협업을 통해 새로운 돌파구를 만들어 나갑시다. 에너지전환 정책에 따라 영향을 받는 지역에 대해서도 우리 회사와 지역 사회가 다같이 Win-Win할 수 있는 해법을 찾아봅시다. 다양한 이해관계자들과 소통을 통해 서로 배려하고 존중하는 가치를 실현해 나가야 할 것입니다.

마지막으로 미래 지향적 조직 문화입니다. 우리 회사가 국민의 사랑을 받는 공기업으로 거듭나기 위해서는 새로운 시각과 참신한 생각 그리고 아이디어가 있어야 하겠습니다. 혁신하는 문화가 회사의 DNA가 되어야 할 것입니다. 열린 자세와 마음으로 직원들, 지역주민들, 산업계, 시민사회와 소통해 나갑시다. 조직 내 분위기도 좀 더 유연해야 하겠습니다. 본부나 부서별 칸막이를 없애 물 흐르듯 소통하는 기업 문화를 창조해 나갑시다. 앞으로 모든 인사는 일과 열정 그리고 성과를 토대로 이루어질 것입니다. 학연과 지연 등은 우리 조직 안에 없습니다.

여러분!

우리는 새로운 출발선에 섰습니다. 우리 회사의 10년 뒤, 20년 뒤 그리고 100년 뒤에 모습은 지금 우리가 어떻게 생각하고 행동하느냐에 달려 있습니다. 비록 어렵더라도 마음을 모으면 할 수 있습니다. 지금 우리에게 꼭 필요한 것은 변화에 대한 열정과 One-Voice 그리고 One-Team입니다. 지금보다 한 단계 더 발전한 세계적인 에너지 종합기업이 되기 위해서는 저와 여러분이 한 방향으로 함께 가야 하기 때문입니다.

저는 가만히 앉아서 지시만 하지는 않겠습니다. 현장에서 여러분 한 분 한 분을 직접 만나겠습니다. 모르는 부분이 있으면 저도 묻고 배우겠으며 열린 마음으로 토론하겠습니다. 지금은 상생의 노사 문화가 그 어느 때보다도 중요한 때입니다. 노조와도 적극적으로 대화해서 서로 돕는 관계가 되도록 노력하겠습니다. 큰 산을 만나면 길을 내서 가고, 물을 만나면 다리를 놓아서 건넌다는 말이 있습니다. 지금 여러분 앞에 놓인 현실이 예전에 겪어보지 못한 일이어서 막막하고 두려울지라도 우리가 함께하면 할 수 있습니다.

오늘 이 자리가 우리 회사의 새로운 역사를 시작하는 날이 되기를 기대합니다. 대단히 감사합니다.

2018년 4월 5일

세계적인 에너지
종합기업으로의 도약

한국산업기술진흥원 원장으로 재임하면서 우리나라가 에너지 강국으로 도약할 수 있는 발판을 마련했다. 또 30여 년간 산업부에 재임하면서 에너지 분야 정책전문가로서의 실력을 평가받았다. 그리고 그러한 경력을 인정받아 2018년 4월 우리나라 최대 공기업 발전회사인 한국수력원자력(주) 제9대 사장으로 취임하게 됐다.

그동안 한수원은 원자력발전소와 관련된 납품 비리, 부실시공 문제 등으로 많은 국민과 시민사회단체, 국회 등으로부터 부정적인 관심의 대상이 되어왔던 게 사실이다. 또한 새로운 정부의 에너지 전환정책에 따라, 또 원자력발전에 대한 변화에 따라, 일부에서는 '난파선'으로까지 부르기도 했다. 그런 한수원에 CEO로 가려는 나를 두고 많은 지인과 가족들이 우려와 걱정을 했다.

처음에는 나도 망설였다. 다른 이유도 있었지만 한수원 안팎의 환경들이 부담스러웠던 것이 사실이다. 그래서 고사했다. 그러다 재차 요청이 왔을 때 곰곰이 생각해 보았다. 어쩌면 위기라고 할

수 있는 경영환경들을 잘만 활용한다면 오히려 에너지 전환정책
을 통해 한수원을 새롭게 도약할 수 있는 기회로 만들 수 있다고
생각했다. 또한 누군가는 원자력 산업의 생태계를 유지시켜야 한
다는 생각도 있었다. 그래서 수락했다.

부임 첫날 열린 취임식에서는 기존의 전통적인 취임식 대신 파
격적인 취임식을 통해 직원들과 소통하려 노력했다. 또한 한수원
의 목표를 '세계적인 에너지 종합기업으로의 도약'이라고 발표하
였다. 신재생에너지, 원전 수출, 원전 해체 역량 확보, 4차 산업
혁명의 디지털 전환(Digital transformation)을 통해 새로운 비
즈니스 기회를 창출하고, 나아가 에너지 종합컨설팅을 할 수 있는
회사가 되어야 한다고 밝힌 것이다.

그 목표를 달성하기 위해 취임 두 달 만인 2018년 6월부터 적
극적인 신사업 발굴에 나섰으며, 빠른 의사결정을 위해 CEO 직
속의 '변화와 성장 T/F팀'을 신설하고 새로운 미래 먹거리를 탐색
하기 시작하였다. 또한 성장사업 중심으로 중장기 사업 포트폴리
오를 재편하기 위해 대대적인 조직 개편도 단행하였다.

어느 회사든 현재에 머무르면 성장이 멈추고 도태될 수밖에 없
다. '종합에너지기업'이란 발전사업과 더불어 에너지와 관련된 다
양한 사업을 수행하는 기업을 말하는 것으로, 원전을 축소한다는
의미를 갖는 것은 아니다. 원자력뿐 아니라 신재생에너지원으로
국가 에너지 미래에 희망을 만들고, 원전 수출과 해체 기술력을

확보해 새로운 성장동력을 창출하며 국가 경제발전에 기여하는 것이 한수원의 목표이자 나의 목표이기도 했다.

에너지기업은 국가 경제를 지탱하는 인프라 기업이다. 사진은 한수원 사장 시절, 현장경영 모습

유스티티아의
눈

세계 여러 나라의 법원 앞에 있는 정의의 여신 유스티티아 (Justitia) 조각상. 이 여신은 한 손에는 검이나 법전을 들고, 다른 한 손에는 저울을 들고 있다. 검과 법전은 법을 엄격하게 집행하겠다는 뜻이고, 저울은 옳고 그름을 공평하게 판단하겠다는 뜻이다. 여기에 한 가지 더 눈길을 끄는 부분이 있다. 조금씩 다르긴 하지만 여신상의 두 눈이 가리개로 가려져 있다는 점이다. 올바른 판단을 하려면 눈을 크게 떠야 할 것 같은데 오히려 눈을 가린 것은 왜일까. 시각을 통해 들어오는 편견과 세상의 유혹에 흔들리지 않기 위해서다. 검과 법전 그리고 저울뿐 아니라 두 눈까지 가리는 것은 정의를 실현하려면 그만큼 온갖 노력을 기울여야 한다는 뜻은 아닐까.

기업 경영에 있어 공명정대함에 가장 무게를 둬야 하는 분야가 인사(人事)다. 인사가 만사(萬事)라고 하듯이 인사가 잘 되면 회사가 바로 설 수 있다. 신상필벌(信賞必罰)이 분명하고, 적재적소에 인재를 배치하며, 차이는 인정하되 차별은 없어야 한다.

인사가 제대로 될 때 회사 신뢰 은행에 잔고가 쌓인다. 그렇게 쌓인 신뢰가 두둑해질 때 회사는 거창한 구호 없이도 잘 돌아간다. 공자는 신의 없는 리더십을 멍에 없는 수레에 비유했다(人而無信 不知其可也 大車無輗 小車無軏 基何以行之哉). 요즘 말로 하면 핸들 없는 자동차다. 회사 구성원 사이에 강한 신뢰가 있을 때 조직 문화가 활기차고, 위기에 닥쳤을 때 저력을 발휘할 수 있다. 신뢰는 기업의 가장 중요한 가치인 것이다.

나는 한수원을 신뢰를 바탕으로 원칙이 바로 선 회사, 국가 경제발전에 기여하는 종합에너지기업으로 만들고자 했다. 원대한 꿈을 향해 나아가자면 조직을 단단히 재정비해야 한다. 그래서 새롭게 만든 제도가 '인사 옴부즈만(ombudsman)'이었다. 원래 옴부즈만제도는 행정기관의 불법행위를 견제하기 위해서 스웨덴에서 200여 년 전 처음 만들었던 일종의 행정 감찰관 제도다. 한수원에서는 채용과 이동, 승격 등 인사 분야에서 잘못된 사례를 바로잡고 긍정적인 조직 문화를 만들기 위해 도입했다. 한수원은 전력을 생산하는 발전소들이 주로 오지에 위치해서 도심과 가까운 곳으로 이동하길 바라는 직원들이 많은 편이었다. 이러한 인사 분야의 이슈들을 객관적인 시각에서 올바르게 판단하기 위해 사외위원들로 구성된 독립 전담 조직의 운영이 필요하였다.

물론 공정함을 최선의 가치로 두고 애쓰는 담당 부서들도 있었지만, 없던 제도를 새로 들인 것은 어떠한 빈틈도 허용하지 않기 위해서였다. 원자로의 안전을 지키기 위해 다섯 겹의 방호벽이 있듯이 인사의 공정성을 지키기 위해서 여러 겹의 제도를 시행하는 게 바람직했다.

　위대한 일은 작은 정성들이 모일 때 이루어진다. 반드시 지켜야
할 가치를 위해서는 어떠한 노력을 기울여서라도 지켜나가야 한
다. 눈에 보이지 않는 가치들이 사실은 가장 큰 힘을 발휘하기 때
문이다.

객관적인 공정함을 위해 외부의 냉정한 시각을 필요로 하기도 한다. 사진은 한
수원 옴부즈만 위촉식

개척자의
마음

거친 땅을 일구어 쓸모 있는 땅으로 만드는 사람을 개척자(開拓者)라고 한다. 요즘은 새로운 영역이나 분야를 처음으로 열어나가는 사람이라는 뜻으로도 곧잘 쓰인다. 황무지를 일구어 쓸모 있는 땅을 만들자면 얼마나 많은 비지땀을 흘려야 할까. 수고로운 길이지만 아무도 가보지 않은 길에 도전하는 일은 분명히 가슴이 벅차오르는 일이다.

한수원 사장으로 재임하면서 나의 가장 큰 화두는 회사의 주력 사업에서 성과를 내는 것과 미래 성장을 위해 새로운 동력을 창출하는 일이었다. 그리고 원전 산업계의 유지와 발전이었다. 국내 원전산업의 우수한 기술력은 이미 세계적으로 인정받았으며, 협력기업들도 해외 시장에서 경쟁력을 갖추고 있었다. 그러나 중소기업이 해외 판로를 스스로 개척하기 어려운 것이 현실이기에 협력기업들의 수출 길을 트기 위해 한수원이 앞장섰다.

그 일환으로 2019년 3월 초 22개 기업과 튀르키예 이스탄불에 가서 튀르키예 시장개척단 출정식을 가졌다. ‘Atom Pioneer! 나

가자, 세계로!'라는 현수막을 내걸고 튀르키예 시장 진출의 결의
를 다졌다. 튀르키예가 중요한 이유는 에너지 소비국인 유럽과 공
급국인 러시아 사이에 위치한 전략적 요충지로 2023년까지 3기
의 원전 건설을 계획하고 있었기 때문이다.

그날 열린 B2B 미팅에서 튀르키예 기업 관계자들에게 기술을
소개하던 우리 기업인들의 열정적인 모습이 지금도 눈에 선하다.
그 자리에는 두산중공업 협력사 5개 기업도 참여했다. 2018년
UAE 시장개척단 때 참여했던 기업도 있었다. 국내 원자력 산업
은 기술도 자본도 없던 '불모의 땅'을 개척해 오늘의 발전을 이룩
했다. 때문에 한수원이 지난날의 개척정신을 지속해서 발휘한다
면 새로운 에너지 패러다임의 강자가 될 수 있을 것이다.

세계 원자력 시장은 급변하고 있으며 이를 정확히 읽고 발 빠르
게 대처해 나가야 한다. 대용량 원전 건설과 운영에서 중소형 원
자로와 해양 원자력 등 원자력과 다른 기술의 융복합으로 중심축
이 이동하고 있다. 우주산업과 국방산업 등 산업과 원자력 기술을
접목해 신시장을 창출해 나간다면 국내 원전 산업계의 미래는 밝
다. 인공태양이라고 불리는 핵융합 분야도 있고, 의료산업 등에
활용되는 방사선 분야도 있다. 지금까지 축적해온 기술력이 있어
서 새로운 시장을 앞장서 창출하는 저력이 충분하다고 자신한다.

해외 프로젝트는 그 특성상 성과가 바로 나타나기 어렵다. 그래
도 누군가는 반드시 해야 할 일이기에 이역만리를 이웃집 다니듯

이 하면서 동분서주하였다. 지금 뿌리는 씨앗들이 언제 싹을 틔우고 열매를 맺을지 정확한 시기를 알 수는 없지만, 부지런히 씨앗을 뿌리고 물을 주는 만큼 대한민국을 먹여 살릴 수 있는 먹거리가 풍성히 열릴 것이라고 믿었기 때문이다.

해외판로를 개척하는 일은 언제나 가슴 벅찬 감동이다.
사진은 한수원 튀르키예 시장 개척단 모습

거위의 꿈

'난 꿈이 있었죠. 버려지고 찢겨 남루하여도 내 가슴 깊숙이 보물과 같이 간직했던 꿈….'

가수 이적이 김동률과 듀엣으로 불러 많은 이들에게 꿈과 희망을 안겨준 노래, 거위의 꿈. 이 노래는 가수 인순이 씨가 불러 더 유명해졌다. 폭발적인 가창력에도 혼혈이라는 이유로 차별받아 온 인순이 씨의 굴곡진 삶이 노래에 투영되면서 더 큰 감동을 안겨 주었다.

거위는 날지 못하는 새다. 다른 조류에 비해 지능이 높고 집도 잘 지킨다. 거위의 꿈이란 현실에서는 불가능한 일인지도 모르겠다. 꿈은 이루지 못하더라도 역경을 이겨낼 수 있는 희망을 주기에 소중한 것이 아닐까 싶다. 때론 꿈이 인생의 나침반 역할을 해서 기적 같은 일이 우리 삶에 찾아오기도 한다. 가끔 이 노래를 읊조려보는데 내겐 남다른 의미가 있다.

인순이 씨는 '거위의 꿈'을 이뤘다. 과거를 딛고 일어나 성공한 그녀의 경험을 다문화 아이들과 나누고픈 마음에서 대안학교를 연 것이다.

나는 공직에 있을 때 그녀를 우연히 알게 되었고 강원도 홍천에서 다문화 아이들을 위한 학교를 만들려고 뛰어다닌다는 이야기를 들었다. 인순이 씨가 각고의 노력을 한 결과로 2013년 문을 연 해밀학교는 학비가 전액 무료이며 기숙학교로 운영되고 있다. 현실의 벽을 넘어 사랑과 나눔, 실천의 중요성을 일깨워준 인순이 씨의 노래를 들으면 세상을 따뜻하게 만들어 가는 한 사람의 힘과 선한 영향력을 되새기게 되곤 한다.

한수원도 소외된 이웃에게 손을 내밀고 사회적 가치를 추구할 수 있도록 여러 사업을 추진하였다. 그 가운데 하나인 '행복더함 희망나래 사업'은 전국의 지역아동센터 어린이들에게 통학용 차량을 지원하고 맞춤형 도서관을 짓는 사업이었다. 2018년까지 409곳의 아동센터에 차량을 기증했다. 207곳에는 맞춤형 도서관도 만들었다.

사회의 복지 사각지대에 있는 아이들을 돕는 곳이 지역아동센터다. 나는 2010년 무렵부터 관심을 두고 작은 정성을 보태곤 했는데 한수원 대표사원으로 있으면서 전국 단위의 지원사업을 하게 되어 가슴이 벅찼다.

2018년 11월에는 용산전쟁기념관에서 카니발 84대를 전달하는 기념식을 했는데, 기뻐하는 선생님들과 환하게 웃던 아이들의 모습에 나도 뭉클했다. 어린이들이 안전하게 귀가하고 마음껏 체험학습하러 다녔으면, 아동센터의 아이들이 더 큰 꿈과 희망을 키워갔으면 하는 마음을 승합차에 함께 실어 보냈다.

꿈을 북돋아 주고 성원하는 일은 가치 있고 행복한 일이다. 개인적으로 이웃의 꿈을 후원하는 일에 마음을 두고 싶다. 요즘 들어 별의별 일들이 다 생기고 있지만 어렵고 힘든 상황에 처한 어린이들이 더 많은 거위의 꿈을 실현할 수 있도록 우리 사회가 더 밝고 따뜻한 공동체로 거듭났으면 좋겠다.

이웃의 꿈을 후원하는 일은 보람이 넘친다. 사진은 한수원 '행복더함 희망나래 차량' 전달식

화천과
강구연월(康衢煙月)

　겨울이면 산천어축제로 붐비는 강원도 화천. 화천에 가면 화천 수력발전소에 가보기를 권한다. 이 발전소는 우리 근대사에 중요한 역할을 한 발전소로 역사 여행을 갈만한 곳이기 때문이다.

　화천발전소는 1944년 일제강점기에 준공된 수력발전소다. 6·25전쟁 때 북한군과 국군 사이에 이 발전소를 빼앗고 빼앗기는 치열한 공방전이 다섯 차례나 계속됐다. 이승만 전 대통령은 '연백평야를 내주더라도 화천수력만은 절대 양보해서는 안 된다'라고 특명을 내렸고 국군은 사력을 다해 수복했다. 그도 그럴 것이 화천수력은 전력난에 허덕이던 암흑천지의 남한을 살리기 위한 생명선이었다. 지금도 화천수력에는 총탄 자국들이 선연하게 남아 그날의 목숨을 건 전투와 전기의 소중함을 다시금 일깨워준다. 이 발전소는 국내 발전소 가운데 유일하게 등록문화재 제109호로 등록되어 있다.

　요즘은 전기 없는 생활을 상상하기조차 어렵다. 손에 없으면 허전할 정도인 스마트폰과 미세먼지로부터 건강을 지켜줄 공기 청정기, 주부들의 일손을 덜어줄 건조기까지 예전에는 없던 전기용품들이 갈수록 늘어나고 있다.

우리나라는 광복 후 혹독한 전력 기근을 겪은 탓에 전기의 소중함을 뼛속 깊이 깨달았고 다양한 에너지믹스를 통해 오늘날의 경제발전을 이룩했다. 안정적인 전력 공급이 국가 산업발전을 위한 원동력이 되었고 국민의 편안한 삶의 밑거름이 되어 온 것이다.

전기는 범죄 없는 거리를 만드는 데도 한몫했다. 한수원은 밀알복지재단과 손잡고 전국 24개 지역에서 2014년부터 2018년까지 안심가로등 1,371본을 설치한 결과 어떤 변화가 생겼는지를 조사해봤다. 가장 눈에 띄는 결과는 범죄가 줄어든 것이었다. 동일 지역을 안심가로등 설치 전과 후로 나누어 범죄 수를 조사 한 결과 317본을 설치한 A곳은 3,879건이 줄었고 122본을 설치한 B곳은 1,287건 감소했다. 경북 문경시에는 50본을 설치했는데 범죄 발생이 '0'건이어서 시민들이 밤중에도 나와서 운동을 즐긴다고 했다.

한수원이 안심가로등을 설치하는 선정 기준은 취약계층 거주 비율과 범죄 발생률이 높은 지역이었다. 재정자립도가 낮은 지자체일수록 점수를 많이 받았다. 사회적 약자들을 보호하기 위함이었다. 이 가로등은 태양광과 풍력으로 어둠을 밝히는 친환경 가로등이기도 하였다. 낮에 햇빛을 받아 가로등 안의 배터리를 충전하고 밤에 빛을 발하게 하였다. 풍력발전기가 있어 바람으로도 전기를

생산하게 하였다. 전국의 1,400여 안심가로등을 일반 나트륨 가
로등으로 따지면 전기요금도 3억5,000만 원 정도를 절감한 셈이
었다.

강구연월(康衢煙月)이라는 말이 있다. 달빛이 은은하게 비치는
번화한 거리라는 뜻으로 태평성대의 평화로운 풍경을 의미하기도
한다. 친환경에너지를 활용해 어둠에 빛을 밝히는 안심가로등이
앞으로도 우리 사회를 안전한 사회로 만드는 데 제 역할을 했으면
한다.

모든 경계에는 꽃이 핀다.

모든 경계에는 꽃이 핀다. 경계는 다르고 이질적인 것들이 만나는 곳이다. 같은 것들만 모여 있는 곳에서는 나올 수 없는 새로운 것이 만들어진다. 노란색과 빨간색의 경계는 주황색이 되고 파란색과 흰색의 경계는 하늘색이 되는 것처럼 말이다. 다양함과 다름에서 빚어진 새로운 창조물은 그 전의 것들보다 뛰어나 우리의 삶을 변화시키고 새 시대를 개막하기도 한다.

이는 메디치 효과(medici effect)와도 통한다. 다양한 영역과 상이한 문화가 만나는 교차점에서 혁신적인 아이디어와 새로운 생각이 폭발적으로 증가하는 현상을 메디치 효과라고 한다. 메디치는 문예 부흥기였던 르네상스 시대를 이끌었던 메디치가를 말한다.

메디치 가문은 1400년부터 1748년, 약 350년간 13세대를 거쳐 피렌체공화국의 실질적인 통치자였다. 평범한 중산층 가문이었지만 시대의 변화를 꿰뚫는 혜안으로 은행업에서 크게 성공했고 유럽 전역으로 사업영역을 확대해 막대한 부를 쌓았다. 이 가문의 뛰어난 인물들은 진정으로 예술의 가치를 인정했고 예술가들을 후원했다. 미켈란젤로는 어린 시절부터 메디치가의 후원을 받았고, 보티첼리와 라파엘로 등 수많은 예술가도 메디치 가문의 도움을 받았다. 우리가 이들 예술가가 만들어 낸 인류의 걸작을 지금 만날 수 있는 것도 메디치가 덕분이다. 메디치가는 르네상스의 시작과 끝을 이끌었을 뿐 아니라 사회공헌에도 앞장서 '선한 자의 휴식처'라는 세계 최초의 보육원을 세우기도 했다. 메디치 가문이야말로 노블레스 오블리주를 실천했던 가문이다.

그들의 자세 또한 본받을만한데, 가까운 곳을 다닐 적에는 걸으면서 수많은 사람의 이야기를 경청했다고 한다. 이러한 관용과 열린 자세가 메디치 가문을 번영으로 이끈 힘이 아니었을까 싶다.

한수원은 근원적인 체질을 개선하고 혁신을 통해 성장하기 위해 혁신성장위원회를 발족한 바 있다. 이 위원회는 총 21명으로 구성되었는데 한 축은 4차 산업혁명에 따른 첨단기술 분야의 전문가와 또 다른 축은 지역 상생과 국민 소통전문가였다. 포용적 혁신성장이란 일자리 창출과 사회혁신 등 공정성을 강화하며 더불어 사는 사회를 만들어가는 것을 뜻한다.

한수원이 공기업 최초로 외부 전문가 중심으로 혁신성장위원회를 만든 것은 다양한 분야의 사고와 다른 시각이 만나 융합하기 위함이었다. 각계 전문가의 혁신적인 의견을 통해 사고의 틀을 깨고 미처 깨닫지 못했던 방안을 도출해내고자 한 것이다.

멀리 보고 길게 호흡하면서 조직의 체질을 강하고 바르게 만드는 일에 힘을 쏟아야 훌륭한 기업이 될 수 있다. 한수원 역시 혁신성장을 통해 천년 기업이자 세계적인 에너지 종합기업으로 발돋움해 나갈 수 있는 탄탄한 기반을 마련하길 바랐다.

마음의
다리

공자 일행이 제나라 변방을 지날 때였다. 일행의 말이 남의 밭에 들어가 보리를 다 뜯어 먹자 주인 농부가 노발대발하면서 말을 빼앗아 버렸다. 제자 가운데 말주변이 좋았던 자공이 나서 조리 있게 농부를 설득했지만 소용이 없었다. 공자는 이번에는 마부를 보내 말을 풀어달라고 청하게 했다. 그러자 웬일인지, 꿈쩍하지 않던 농부가 화를 풀고 말을 보내겠다고 했다. 다들 마부에게 몰려가 도대체 무슨 말을 했는지 물었다.

"이 고장의 관습대로 '형님'이라고 불렀습니다. 그리고 이 지역의 말로 이야기했을 뿐입니다."

자공은 논리적이고 장황하게 말했지만 통하지 않았다. 대신 그 지역 사투리로 쉽게 말하는 마부의 말이 농부의 마음을 움직였다. 소통은 나와 상대방의 마음에 다리를 놓는 일이다. 눈에 보이는 다리를 놓기도 어렵지만 보이지 않는 다리를 놓기는 더 어렵다. 소통의 다리는 내가 쓰는 말이 아니라 상대방이 쓰는 말이 재료가 될 때 튼튼하게 지어진다.

요즘 TV를 보면 다양한 국가 출신의 외국인들이 유창한 한국어를 구사하며 한국에서 나고 자란 사람들보다 더 풍부한 한국 관련 지식을 보여줄 때가 있다. 어디서 한국어를 배웠는지 신통하기도 하고, 마치 말을 배우는 아이를 보듯 응원도 하고 싶어진다. 만약 그들이 한국말이 아닌 각자의 모국어로 말했다면 이런 친밀감을 느낄 수 있었을까. 같은 말을 한다는 것은 정보 전달을 넘어 정서적 유대감까지 갖게 해준다.

한국수력원자력 CEO로서 가졌던 어려움 한 가지는 원자력이 전문 분야다보니 용어가 어렵다는 것이었다. 특히 국민에게 원자력 발전의 안전성을 설명할 때 난감했다. 국민의 눈높이에 맞춰 설명하려 했지만 관련 용어가 생소하고 난해했기 때문이다. 이 문제를 풀기 위해 2018년 말 원전정보신뢰센터를 만들었다. 기계, 지질, 토목 등 7명의 분야별 외부 전문가를 모시고 원자력 안전과 관련한 기술 정보와 운영 데이터를 투명하게 공개하는 데 도움을 받고자 했다. 외부의 여러 분야에서 전문가를 구성한 것은 원자력의 시야에서 벗어나 국민의 시각에서 객관적으로 보기 위함이었다.

또 하나의 방법은 원하는 모든 국민에게 제공하는 SMS 알리미 서비스였다. SMS 알리미 서비스를 통해 가동정지 등 원전의 주요 정보를 지역주민, 국민 그리고 언론에 휴대폰 문자 서비스로 신속하게 공개하였다. 원전 정보를 유리알처럼 투명하게 공개해 원자력에 대한 우려와 오해를 씻고 국민과 언론의 신뢰를 얻고자 했다.
소통의 최종 목표는 소통을 통해 스스로가 더 나아지는 것이다.

스스로를 드러내어 공개할 때 나 자신을 정확하게 볼 수 있고 자세도 가다듬을 수 있다. 내가 상대방이 되고 상대방이 내가 되어 서로 이해할 때 완벽하게 소통할 수 있다. 원전정보신뢰센터를 만든 것도, SMS 알리미 서비스를 실시한 것도 원자력과 국민이 소통할 수 있는 마음의 다리를 놓기 위해서였다.

마음의 벽을 허무는 기적은 상대의 말을 경청할 때 일어난다.
사진은 '에너지플러스' 행사에서 업체 관계자에게 제품설명을 듣는 모습

높은 문화의
힘

"눈 내린 들판을 걸어갈 때는 그 발걸음을 어지럽히지 마라. 오늘 내가 남긴 발자취가 뒤에 오는 사람의 이정표가 될지니."

이 시는 조선 중기 의병장이었던 서산대사가 쓴 시다. 이 시가 유명해진 것은 백범 김구 선생이 이 시를 좋아하고 즐겨 썼다고 알려져서다. 김구 선생은 이 시를 몸소 실천하셨다. 어지럽던 시절에 민족의 지도자로서 독립운동과 대한민국 임시정부 수립을 위해 헌신하셨다.

김구 선생이 자신의 독립운동 기록을 써놓은 백범일지에는 나의 소원이라는 부분이 있다.

"나는 우리나라가 세계에서 가장 아름다운 나라가 되기를 원한다 (중략) 내가 남의 침략에 가슴이 아팠으니, 내 나라가 남을 침략하는 것을 원치 아니한다 (중략) 오직 한없이 가지고 싶은 것은 '높은 문화의 힘'이다. 문화의 힘은 우리 자신을 행복하게 하고, 나아가서 남에게 행복을 주기 때문이다."

백범의 간절한 소원 덕분인지 이제 우리나라는 '높은 문화의 힘을 가진 나라'로 발돋움했다. 음악, 영화, 드라마 등 우리의 대중문화가 세계인의 사랑을 듬뿍 받고 있는 것이다. 조용한 동방의 나라 출신인 아이돌그룹 방탄소년단은 세계적인 스타로 우뚝 섰고, 한류 열풍 덕에 한식(韓食)과 한국 문화 등 한국에 대한 세계인의 관심도 뜨거워졌다. 세계 어느 곳을 가더라도 한국인이라는 사실이 자랑스러워진 것은 우리 기업들의 눈부신 성장과 더불어 대중문화가 큰 역할을 했다고 생각한다.

문화의 힘은 우리를 행복하게 하고, 마음의 문을 열어준다. 그래서 한수원이 야심차게 기획한 것이 한수원아트페스티벌이었다. 2018년에 이어 2019년에도 이 행사를 열었는데 싸이와 보아 등 최정상 뮤지션들의 공연과 세계적인 아티스트들의 전시가 어우러진 문화 축제였다. 2019년 공연은 5월 24일부터 6월 2일까지 경주시민운동장과 경주 예술의전당에서 펼쳐졌으며, 공연과 전시 모두 무료였다. 한수원아트페스티벌에는 공연과 전시를 좋아하는 경주 지역민은 물론이고 경주를 찾은 관광객들도 함께하여 행사가 성황리에 끝날 수 있었다.

이 축제를 경주에서 열게 된 것은 한수원이 경주에 본사를 둔 경주기업이기 때문이다. 한수원은 2016년에 경주로 이전을 완료했지만 경주시와 하나가 되기 위해서는 꾸준한 노력이 필요했고, 그 노력의 일환으로 행사를 개최하게 된 것이다.

나는 한수원아트페스티벌이 경주시민들의 문화적 갈증을 해소하고 새로운 볼거리를 만들어 경주시민들과 관광객들의 사랑을 받는 축제의 장으로 자리매김하기를 기대했다. 또한 이를 계기로 한수원과 경주시가 따뜻한 공동체이자 상생의 공동체가 되는 것 역시 바랐다. 문화만큼 사람과 사람 사이의 거리를 좁혀주는 것은 없기 때문이다.

Chapter 5

미래를 생각하다

연구개발 예산
대폭 삭감 유감

  1960년대 경제개발계획이 수립되어 압축성장을 시작한 이래 계속 늘어났던 예산이 연구개발(R&D) 예산이었을 것이다. 표면적으로 봤을 때 우리나라의 경제성장은 대기업, 중화학공업 주도로 이루어져 왔지만, 조금 더 자세히 들여다보면 수많은 중소·중견기업들의 눈물과 피땀으로 이루어냈다는 걸 알 수 있다. 부품·소재의 기술도입, 수입대체, 개발이라는 작은 성공방정식(Small ball success)들이 쌓여서 가능했다.

  처음에는 일본 기술자들을 주말에 데려와서 몰래 기술을 습득하기도 했지만, 어느 정도 기술 역량을 갖춘 뒤에는 로열티를 주고 선진기술을 도입했고, 1980년대 후반 반도체 시대에 들어가면서는 자체 개발 중심의 기술개발 전략으로 전환하게 되었다. 이때부터 외국 자본을 유치해서 안보와 연계하여 성장해 온 대만과, 대·중소기업 간 기술 협업을 통해 자체 개발에 방점을 둔 한국의 성장전략은 서로 다른 궤적을 그리게 됐다.

  많은 연구개발 예산이 겉으로 잘 드러나지 않기 때문에 개발 가

성비가 낮다거나 나눠먹기식이라거나 눈먼 돈이라는 비판과 비난
이 끊이지 않았다. 하지만 지금 우리 주요 수출제품을 뜯어보면
대부분이 국산 부품이며 범용 부품들은 중국산이나 베트남산을
주로 쓰고 있다.

또한 형식상 연구개발 예산으로 분류되더라도 스타트업 지원이
나 기술사업화 예산으로 책정된 경우에는 실질적으로 기술창업과
미래 유니콘기업 육성의 뿌리가 될 수 있는 예산이며 이런 기초적
체력 축적을 위한 재원들이 모여서 오늘날 우리나라 분야별 첨단
산업의 생태계가 구축됐다고 볼 수 있다. 이런 성과들은 개별 스
타트업이나 중소기업이 혼자서 할 수 있는 분야가 아니라 대학,
연구소, 출연 연구기관과의 협업, 이업종 간 융복합 연구를 통해
문제 해결의 실마리를 찾게 되는 게 상식이다.

그런데 현 정부 들어서 작년 봄에 어떠한 기준이나 정책 변경,
토의 또는 공론화 없이 연구개발 예산이 4조 원 이상 삭감되는 일
대 사건이 벌어졌고, 그때부터 지금까지 어느 누구도 왜 이런 결
정이 내려졌는지, 그 근거는 무엇인지, 정책 전환의 목표는 무엇
이었는지 설명하는 사람이 없다.

나는 31년간 공직생활을 했고 약 9년간 준정부기관과 공기업의
CEO를 하면서 이런 사례를 본 적도 들은 적도 없다. 그래서 더
궁금하다. 이게 도대체 어떻게 된 일이고 누가 그런 지시를 내렸
는지 반드시 밝혀서 그 이유를 듣고 싶다. 만약 무언가를 숨기고

있고 밝혀지면 안 되는 이유가 있다면 더더욱 이러한 일을 덮고
가서는 안 된다고 본다.

사실상 소상공인의 지위에 있는 수많은 스타트업, 연구개발 중
심의 소기업, 대학과 연구소, 정부출연연구기관의 허리를 끊어버
린 자가 누구인지 만천하에 알려야 한다. 그래야 두 번 다시 이런
비극이 재발하지 않을 것이고 중단된 개발과제 때문에 한국을 등
지거나 떠나가는 젊은 연구자들이 없을 것이다.

여학생들에게 새로운 꿈을,
K-걸스데이

독일을 생각하면 가장 먼저 떠오르는 것은 '엔지니어의 나라' 또는 '제조업 강국'이라는 말이다. 요즘으로 치면 제4차 산업혁명을 이끄는 국가에 해당할 것이다. 또 아헨 공대나 관련 연구소, VW 연구센터 등을 둘러보면 한결같이 여성들의 비율이 높은 것에 놀라곤 한다. 물론 우리나라도 최근에는 바이오, 제약, 섬유, 모바일, 일부 반도체 분야에서 여성 비율이 많이 올라가고 있지만 자동차, 조선, 철강, 기계, 전력 분야를 살펴보면 아직도 여성 엔지니어나 연구 인력은 가뭄에 콩 나듯 그 숫자가 많지 않다.

어릴 때부터 여학생들에게 엔지니어가 되려는 꿈을 심어주고, 실험실이나 연구시설을 접해 볼 수 있는 기회를 많이 주면 어떨까 싶다. 그러면 공학 분야에서 지금보다 훨씬 많은 여성이 활약하는 모습을 볼 수 있게 될 것 같다. 그 사례가 바로 독일이다.

독일에서는 매년 4월 넷째 목요일이 되면 대도시나 중소도시 가릴 것 없이 기업, 연구기관, 대학 등의 현장이 개방된다. 그곳에 중·고등학교에 다니는 여학생들이 방문하는데, 그들은 호기심

가득한 눈으로 각종 시설과 장비 또는 상품 제작 장면 등을 둘러본다. 여학생들에게 공학 분야에 대한 관심을 갖게 하고, 실제 체험을 할 수 있는 기회를 제공함으로써 엔지니어가 되고 싶다는 꿈을 심어주는 것이다.

걸스데이는 2001년 독일 메르켈 총리가 처음 시작했다. 첫해에는 40개 기업에 2,000여 명 정도가 걸스데이 행사에 참여하였다. 최근에는 10,000여 개의 기업에 10만 명이 넘는 여학생들이 참여하고 있으며, 유럽은 물론 세계 각지의 16개 국가에서 이를 벤치마킹해 같은 취지의 행사를 진행하고 있다. 나도 한국산업기술진흥원장 재임 당시 이 프로그램을 받아들여 국내에서는 처음으로 2014년에 K-걸스데이를 시행했고, 이후 매년 5월에 행사가 계속되고 있다. 이제 중후장대형 산업구조를 넘어서 포노사피엔스를 중심으로 빅데이터, AI가 엔지니어링뿐만 아니라 사회 전체를 이끌어가게 된다. 그런 세상에서는 여성들의 섬세함과 감수성이 무엇보다 필요할 것이다.

우리나라 여학생들의 대학 진학률은 80% 수준으로 OECD 국가 중에서도 단연 독보적이다. 이 중에서 엔지니어링을 전공하는 학생들도 비록 더디지만 늘고 있고, 대학이나 국책 연구기관에서 R&D를 담당하고 있는 연구 인력도 증가세를 보이고 있다. 다만 독일 같은 선진국과 비교하면 여성 엔지니어나 여성 연구원 비중이 아직 턱없이 부족한 게 사실이다. 또한 여성 인력이 이공계에 들어오게 하는 노력도 중요하지만, 들어온 인재가 경력단절이라는 악순환의 고리를 끊고 기업이 원하는 인재로 커나갈 수 있는 환경을 만들어 주는 일도 대단히 중요하다.

이런 노력을 통해 우리나라에서도 많은 여성 인재들이 구글 엔지니어 출신이며 야후의 CEO였던 마리사 메이어 같은, 전기공학을 전공했고 미국 자동차 업계 최초의 여성 CEO인 메리 바라 같은, 오바마 대통령 시절 미국 백악관의 CTO를 역임한 메건 스미스 같은 여성 엔지니어들이 넘쳐나기를 진심으로 바라는 마음이다.

한국산업기술진흥원장 시절 K-girls day

창조도, 융합도, 결론은 사람을 향한 기술

창조는 어떻게 일어날까? 고수나 멘토(조언자)가 왕도를 가르쳐 줄까? 아니면 강연이나 세미나에서 누군가 요령을 알려줄까? 하늘 아래 무(無)로부터 창조되는 것은 거의 없는 것 같다. 변화하는 세상과 변화를 미루려는 사람, 그 틈을 메울 무엇인가를 제시하는 일, 또는 사람들의 머릿속이든 실질적으로 편안함을 추구하는 수요를 찾아내서 만족시켜 주는 일이 창조가 아닐까? 특히 경제적 관점에서 창조는 사람들을 즐겁고 기쁘게 그리고 무엇보다도 편안하게 해주는 것이어야 한다.

그러기 위해서는 끊임없는 관심을 가지고 관찰을 계속해야 한다. 이때 새로운 시각, 예컨대 문화, 예술, 인문학 등 다양한 관점이 필요하다. 그러면 제품이나 기술이 아니라 사용자, 즉 사람의 관점에서 무언가 부족했던 것을 발견할 수 있다. 무한 반복과 좌절, 실패와 눈물이 따를 것이다. 그래야 창조물이 더 가까이 더 편안한 형태로 사람들 곁에 머물고 사랑받는다. 창조의 주역은 학자가 아니다. 끈질긴 집념과 따뜻한 시선을 가진 발명가, 연구자 또는 기업가이다.

예를 하나 들어보자. 혹시 출근길에 동네를 누비는 야쿠르트 배달용 전동카트를 눈여겨본 일이 있는가? 한국야쿠르트가 국내 중소 중견기업 4개 사와 협업하여 개발한 이 전동카트는 세계 최초 '탑승 가능한 이동형 냉장고'다.

요구르트와 냉커피 등 수백 개의 제품을 동시에 넣을 수 있게 설계됐으며, 유제품을 신선한 상태로 오래 보관할 수 있다. 동시에 직접 타고 다닐 수 있으며, 심지어 대형 파라솔까지 설치할 수 있어 한여름 태양이나 장맛비도 막을 수 있다. 더구나 8시간 충전으로 온종일 운행하는 데 문제가 없는 친환경 시스템에, 최고 시속 8km로 제한함으로써 안전까지 신경을 많이 쓴 제품이다.

'보다 안전하고 편리하게 제품을 배달할 수 없을까' 하는 질문에서 시작된 이 프로젝트는 중년 이상 여성 비중이 절대적으로 높은 '야쿠르트 아줌마'들의 큰 호응을 얻었다. 소비자들은 신선한 유제품을 받아볼 수 있어 만족도가 크게 올라갔고 그 결과 매출에도 크게 기여했다고 한다. 이 전동카트에 기가 막힌 신기술이 적용되었을까? 아니다. 기존에 나와 있는 여러 기술을 잘 융합해 전에 없던 새로운 부가가치를 창조한 것이다. 마치 스티브 잡스가 아이폰을 만든 것처럼 말이다.

창조와 융합은 거창한 것이 아니다. 그렇지만 세상을 향한 따뜻한 시선과 호기심, 그리고 주변에 관심을 갖고 면밀하게 관찰하는 통찰력이 반드시 필요하다. 기존 기술의 아름다운 조합이 사람을 향한 기술과 제품으로 거듭나게 되는 것이다.

요즘 원자력발전소를 비롯한 에너지 개혁 문제를 둘러싸고 팽팽한 찬반양론이 한국 사회를 달구고 있다. 쉽지 않은 문제이나 기본으로 돌아가서 생각해 보자. 공동체 전체의 이익을 위한 창조적 해법을 찾아야 한다. 기존 기술을 잘 융합해 전에 없던 새로운 부가가치를 찾았으면 좋겠다는 뜻이다. 전제는 세상을 향한 따뜻한 시선, 그리고 이 땅에 사는 현재의 우리와 우리 후손들을 위한 기술에 바탕을 두었으면 좋겠다. 모든 기술이 그 자체가 목적이 아니듯 에너지 역시 우리 삶의 목적이 아닌 수단이기 때문이다. 사람을 향한 기술이 무엇인지를 생각해보면 답을 찾을 수 있을 것이다.

(2017년 7월 3일, 동아일보 기고)

혁신적인 제품을 만드는
사람의 비밀

기업인들이 가장 많이 쓰고 좋아하는 단어 중 하나가 '혁신(革新)'이다. 한자 뜻을 풀어보면 '가죽(革)을 벗겨 새롭게(新) 한다'라는 뜻이니 어쩐지 오싹하기까지 하다. 그러나 아무리 고통스러워도 기존 시장을 뒤엎을 만한 혁신적인 제품을 만들어내서 부와 명예를 거머잡고 싶은 것이 인간의 심리요, 모든 기업인의 꿈일 것이다. 그렇다면 그런 혁신을 이룬 기업인들은 어떻게 그런 제품을 만들어 냈을까.

헨리 포드는 자동차의 대중화를 끌어냄으로써 인류 문명의 혁신을 가능케 했는데, 그 비결을 묻는 말에 그는 이렇게 대답했다.

"사람들의 말을 듣고 결정했다면 아마 말(Horse)이 더 빨리 달릴 수 있도록 품종을 개량했을 것이다. 그러나 사람들이 원하는 것은 말보다 더 빠른 탈 것이었기에 나는 자동차를 만들었다."

혁신에 대해 아직 잘 모르겠다면 한 사람의 얘기를 더 들어보자.

"사람들의 말을 듣고 제품을 만드는 것은 어려운 일이다. 왜냐면 사람들은 그것을 실제로 만들어서 보여주기 전까지는 자신이 원하는 것이 무엇인지 잘 모르기 때문이다."

아이폰을 개발해 스마트폰의 대중화를 이룬 스티브 잡스의 말이다. 얼핏 들으면 이런 모순이 없다. 사람들의 말을 듣지 않고 어떻게 원하는 것을 알아낼 수 있단 말인가. 그러나 소비자의 말과 행동이 다른 것은 사실 흔하게 일어나는 일이다.

예를 들어 한국의 한 고등학생에게 어떤 겨울 외투가 좋으냐고 직접 물어보면 '싸고 따뜻한 옷'이라고 대답할 것이다. 그러나 막상 그 학생이 사는 것은 유명상표가 붙은 옷일 확률이 높다. 외국에서는 프로 산악인들이 히말라야에 오를 때나 입는 등산복을 한국 학생들은 교복처럼 입고 학교에 간다.

때문에 소비자가 진짜 원하는 것을 찾아내는 방법은 말이 아니라 관찰과 통찰력이다. 신중하고 폭넓은 관찰을 통해 찾아낸 실마리에, 인문학적인 관점을 동반한 통찰력으로 분석해 소비자의 숨은 욕구를 알아내야 한다. 여기에 그 욕구를 반영한 제품을 시장에 연결할 수 있는 아이디어가 필요하다. 그것이 결정적이다. 나는 그 아이디어를 링커(linker), 즉 '연결고리'라고 부르고 있다.

헨리 포드의 링커는 조립 생산라인이었다. 그는 컨베이어벨트를 이용해 생산 방식을 단순 분업화하고, 노동력을 과학적으로 관리했다. 그 결과 생산비용을 크게 낮춰 노동자도 살 수 있는 양산형 자동차 '포드 모델 T'를 내놓았다. 그전까지 자동차는 부유층이나 즐기는 사치품이었지만 이제 자동차는 많은 사람에게 없어서는 안 되는 교통수단이 됐다.

스티브 잡스의 링커는 바로 앱스토어다. 스마트폰은 손안에 들어오는 작은 컴퓨터이다. 그러나 개발 초기에는 프로그램 공급에 한계가 있었고 그 때문에 사람들은 곧 싫증을 느꼈다. 스마트폰이 얼리어답터들의 비싼 장난감으로 전락하려던 순간, 스티브 잡스는 사람들이 개발한 프로그램을 직접 주고받을 수 있는 온라인 장터를 만들었다. 그리고 인류의 역사는 스마트폰이 대중화되기 전과 후로 나뉘게 됐다. 인공지능(AI), 빅데이터, 로봇, 사물인터넷(IoT)을 골자로 하는 4차 산업혁명이 일어나게 된 것도 따지고 보면 스마트폰이 그 시작을 열었다고 볼 수 있다.

헨리 포드와 스티브 잡스가 세상에 없던 신기술을 개발했는가? 아니다. T포드 조립 생산라인의 핵심인 컨베이어벨트는 도축장의 시스템에서 가져온 것이다. 앱스토어의 원조는 말할 것도 없이 벼룩시장이다. 그들은 이미 나와 있는 기술들을 연결하고 융합해서 소비자가 원하는 새로운 가치를 만들어 낸 것이다.

소비자의 숨은 욕구를 찾아내는 것은 예전보다 좀 쉬워졌다. 인공지능과 빅데이터로 과거에는 엄두도 내지 못했을 방대한 양의 정보를 분석해서 비교적 정확한 답을 찾아낼 수 있게 돼서다. 그러나 링커는 여전히 인간이 직접 찾아내야 한다. 같은 실마리를 가지고 있더라도 더 좋은 링커를 찾아내는 사람이 더 좋은 제품을 만들 수 있다.

4차 산업혁명 시대는 좋은 링커를 발견할 줄 아는 인재를 많이 등용한 기업들이 살아남을 것이다. 때문에 지금 우리가 해야 할 일은 그런 인재를 키우는 것이다. 가장 좋은 것은 공교육 시스템 개선이다. 현재의 주입식 교육 방식을 크게 바꾸어 창의적인 사고가 가능한 교육이 이루어지게 해야 한다.

(2018년 5월 8일, 이투데이 기고)

일하기 좋은 마을,
살고 싶은 동네

살림살이가 넉넉해졌다지만 우리 사회는 여전히 만성적 저성장, 높은 실업률, 심각한 기후변화, 저출산·고령화 등의 난제를 안고 있다. 특히 인구와 자본이 빠져나간 일부 지역에서는 생활 편의 기반 낙후, 경제 활력도 저하 등으로 지역 공동체가 위협받고 있다.

지역 공동체에 활기를 불어넣기 위한 방법 중 하나로 거론되는 것이 커뮤니티 비즈니스(community business) 활성화다. 커뮤니티 비즈니스란 말 그대로 소규모공동체(커뮤니티)들이 지역 사회 문제를 스스로 해결하기 위해 펼치는 사업이다. 같은 생활공동체에 살기에 그 지역의 문제를 누구보다 잘 아는 사람들이 지역 내 자원을 활용해 직접 문제 해결에 나서는 것이다. 이를 통해 사라지는 지역문화를 되살리고 지역경제를 활성화하여 결과적으로 지역민의 삶의 질 향상에 기여하게 된다.

일본 나가노(長野) 현의 작은 농촌 마을인 쇼가와가 커뮤니티 비즈니스의 대표적인 성공 사례다. 쇼가와 마을은 내세울 만한 특산물이나 자원도 없었다. 주민들 대부분은 나이가 많았고 고령화로 인해 마을이 활기를 잃었다. 이것을 타개할 방법을 고민하던 쇼가와 마을은 일본식 만두인 오야키를 만들어 파는 마을기업을 세웠다. 종업원의 80% 이상은 마을에 살고 있는 60세 이상 주민을 채용했으며 만두소로 들어가는 채소도 현지 어르신들이 직접 재배한 것을 조달하였다. 이후 마을은 추억의 먹을거리를 구매하고, 전통 제조방식을 체험하려는 사람들로 북적이기 시작했다. 현재는 관련 매출이 연간 80억 원이 넘는다고 한다.

커뮤니티 비즈니스는 주인의식을 가진 지역민들의 적극적 참여만 보장된다면 순수 영리법인은 물론이고 협동조합, 마을기업, 사회적기업 등 다양한 형태로 추진할 수 있다. 거창한 아이템이 아니어도 된다. 기술 중심 제조업부터 문화생활, 복지 등 서비스 업종까지 다양한 분야에서 가능하다. 폐교 부지를 활용해 마을 소유의 소규모 태양광 발전소를 만들어 신재생에너지와 관련된 체험 활동과 교육을 진행할 수도 있다. 피부 미용에 좋은 지역 특산물을 뷰티 제품으로 상품화하여 그 지역의 스토리를 담아 마을기업 브랜드로 판매할 수도 있다.

지역 특성을 살린 생활밀착형 커뮤니티 비즈니스가 성공적으로 안착하면, 주민들의 경제활동이 늘어나고 지역경제도 생기를 되찾을 수 있다. 떠났던 사람들은 돌아오고 교통, 편의시설도 확충될 것이다. 지역의 정주 여건 개선과 공동체 문화의 복원이라는 두 가지 목적을 동시에 달성할 수 있는 셈이다.

4차 산업혁명 시대이다. 인공지능(AI)과 로봇, 빅데이터, 사물

인터넷(IoT)과 같은 첨단기술이 '혁신'이라는 이름으로 산업 현장의 모습을 뒤바꾸고 있다. 이러한 변화에 대비하려면 원천기술 연구개발은 물론이고, 시장의 흐름을 바꿀 수 있는 와해성 기술이 시장에서 많이 탄생하도록 정부가 적극적으로 연구개발(R&D)을 지원해야 한다.

다만 기술은 스펙트럼이 매우 넓다. 복잡한 하이테크(high tech) 외에 단순하지만 꼭 필요한 로테크(low tech)도 존재한다. 편리한 하이테크는 기존 일자리를 위협할 수도 있지만, 생활 밀착형 로테크는 없던 일자리를 만들어 낼 가능성이 크다. 지역문화와 환경을 보호하고 고용 창출 효과까지 뚜렷하다면 로테크라도 지원하지 않을 이유가 없다.

주민들의 지혜로 지역의 경제공동체를 회복시키는 커뮤니티 비즈니스야말로 내가 사는 곳을 '일하기 좋은 마을, 살고 싶은 동네'로 만드는 지름길이다. 지역에 있는 크고 작은 풀뿌리 커뮤니티들이 직주일체(職住一體)형 좋은 일자리의 중심이 될 수 있도록 여러 기관이 힘써야 한다. 지방자치단체와 중소벤처기업부의 12개 지방청은 물론이고 혁신도시에 이전해 있는 선도 공공기관들도 상생 차원에서 세심히 살펴보았으면 한다.

(2017년 10월 24일, 이투데이 기고)

Chapter 6

정재훈을 말하다

상공인들이 말하다,
현장에서 만난 정재훈

　정재훈 대표님은 한수원 사장 시절에 처음 만났는데 자리에 앉자마자 '무엇을 도와드려야 전통시장과 상생이 가능할까요?'라고 질문하셔서 '정기적으로 장보기 행사를 하면 좋겠다'라고 답변드린 기억이 있습니다. 나중에 알고 보니 그날이 정재훈 대표님이 한수원 사장으로 공식 업무를 본 지 이틀째 되는 날이었고, 그 이후 퇴임하실 때까지 매달 대대적인 전통시장 장보기를 통해 지역 아동센터와 양로원 등 어려운 시설들을 지원하신 걸로 알고 있습니다. 전통시장을 대표해서 항상 감사하게 생각하고 있고 정치를 시작하셨으니까 잘 되시기를 바랍니다. 새로운 출발을 축하합니다!

정동식 전국상인연합회장

　정재훈 대표님은 조용식 상인뉴스 회장님에게 수년 전부터 이야기를 많이 들어서 전통시장을 위해 좋은 일을 많이 하는 분으로만 알고 있었습니다. 지난번에 광장시장 사무실에서 처음 만나 뵈었고, 이후 국회 토론회장에서 깊이 있는 대화를 나누어 보니까 정말 상인들에 대한 이해와 애정이 깊다는 걸 알 수 있었습니다.

그래서 더욱 신뢰하게 되었고 앞으로도 기대가 큽니다.

추귀성 서울시 상인회장

지난 2월 초 대한상공인당 발기인대회를 마치고 수원 못골시장까지 찾아오신 정 대표님을 만나 뵈었는데 친화력도 좋으시고 전통시장을 사랑하시는 마음을 확인하게 되어 더욱 신뢰하게 되었습니다. 여야를 막론하고 여러 정당이 있지만 중요한 시기마다 현실성이 떨어지거나 타이밍이 맞지 않는 정책들이 대부분이었습니다. 이번에 정 대표님을 중심으로 소상공인과 전통시장 상인들을 위한 정당이 창당된다고 해서 기대가 큽니다. 앞으로 보다 현실적인 정책들이 나올 수 있기를 기원합니다.

이충환 경기도 상인회장

서천시장 화재로 모두 힘들어할 때 화재현장에서 정 대표님을 만났습니다. 정 대표님은 화재 피해 후속 조치가 어떻게 이뤄져야 하는지 자세히 알고 계셨고 전국시장연합회보다 먼저 피해 복구에 필요한 성금도 쾌척해주셔서 너무 감사했습니다. 대한상공인당은 태생적으로 소상공인들을 위한 정당이니까 마음속으로 성원하지 않을 수 없고 또 이런 진정성 있는 정책정당이 제대로 성장해야 상인들에게도 도움이 될 수 있다고 생각합니다. 앞으로도 소상공인들과 사회적 약자들의 든든한 버팀목이 되어주시기를 바랍니다.

구범림 대전시 상인회장

소신 있는 행보를
응원합니다

정재훈 대표는 산업부 장관 시절 초임 국장으로 만났는데 아주 열심히 하는 테크노크라트이면서 정무 감각도 겸비하고 있던 인재였습니다. 언제나 뭐든지 물어보면 막힘없이 답변해주었고 현장에서의 반응이나 필요예산도 귀띔해주어서 믿을 수 있는 실무자였지요.

종로에서 국회의원으로 있을 때는 한국산업기술진흥원장을 하고 있었는데 창신동 봉제 골목에서 10년이 넘게 봉사활동을 하고 있었고 주위에 있는 주민들을 위해 남산공원에서 콘서트까지 열어 주었던 일이 기억에 남습니다.

총리 시절에는 정부가 탈원전 정책을 추진하던 시절이었고 정대표는 한수원 사장으로 있었는데 울진 원자력 본부의 신한울 3·4호기는 사업중단보다 유보 후에 다시 가동할 수 있는 대안을 찾겠다고 하면서 소형원자로 SMR의 필요성도 역설했었지요. 지금은 다들 당연한 일이라고 생각할지 몰라도 당시에 공기업 사장이 그런 주장을 하기에는 쉽지 않았을 겁니다.

그 뒤로도 소신 있는 발언으로 여러 차례 주목받았는데 이제는 소상공인들을 위한 정책정당을 만들겠다고 해서 또 어려운 길을 가는구나, 하는 생각이 들었습니다. 아무쪼록 초심을 잃지 말고 어려운 길을 잘 헤쳐 나가기 바랍니다.

정세균 전 총리

대한상공인당
창당대회 축사

정재훈 대표가 현업 재직 중에 제 목소리를 낼 수 없는 서민들의 현장을 두루 살피고, 본인의 위치에서 할 수 있는 최선을 다해 이들의 목소리를 대변하고, 현장을 두루 보살핀 진심과 실천력을 잘 알고 있습니다.

"현재의 대한민국은 대기업의 로비가 워낙 활발하기 때문에 대기업에 관한 법안 등은 비교적 순탄하게 진행되고, 대기업에 관해 제제를 가하고자 하는 제안은 종국에 흐지부지되고 마는 그런 상황입니다. 따라서 진실로 여러분의 이익을 대변하고자 하는 정치 세력은 존재하지 않기 때문에, 중소기업, 소상공인에 대한 지원은 소홀한 것이 사실입니다.

제가 늘 강조하듯이 대기업과 중소기업 간의 생산성 차이라는 것이 엄청나게 큼에도, 똑같은 금융을 제공하더라도 경쟁력을 가지기 힘든데, 우리나라는 중소기업이 금융비용을 더 많이 부담하는 금융제도를 가지고 있습니다. 이러한 제도하에서는 중소 상공인들이 경쟁력을 확보할 수 있는 방법이 없습니다.

오늘날 세계에서 흔히 얘기하는 '히든 챔피언'이 제일 많다고 하는 독일이라는 나라가 어떻게 해서 소위 '히든 챔피언'을 많이 갖게 되었느냐 하면, 독일이라는 후발 산업국가가 시작하면서 중장기적인 재정을 조달해주는 금융이 잘 발달하였기 때문에 오늘날 독일의 중소기업들이 국제 경쟁력을 가지고 독일 수출의 70%를 차지하게 되었습니다.

정재훈 대표가 상공인당을 만든 취지를 보면, '이제는 이들의 이익을 대변할 수 있는 정치적인 목소리를 어디에선가 내야 되겠다'란 취지라 보입니다.

저는 늘 강조합니다만, 우리가 1987년 지금의 헌법 체제를 만들어 근 40년을 유지하였습니다만, 약자들의 목소리를 대변할 수 사람들은 거의 없습니다. 그저 형식적으로 선거 때가 되면 중소기업쪽 표가 많으니까 상공인을 보호하는 것 같지만, 실질적으로는 돕는 게 아닙니다. 그래서 저는 이렇게 얘기합니다. 지금 앞으로 우리나라의 대통령이 될 사람, 소위 권력을 행사할 사람들이 가장 시급하게 해야 할 일은, 이제는 대기업들은 스스로 이미 국제 경쟁력을 확립했으니, 중소기업을 과거 박정희 대통령이 대기업을 육성하는 식으로 일정 기간 동안 살펴주지 않으면, 우리나라 중소기업이 경쟁력을 가질 수 없고, 우리 사회가 평온해질 수 없습니다."

저는 이러한 의미에서, 소상공인 및 사회적 약자를 대변해 온 삶을 실천해 온 정재훈 대표님과 뜻을 같이하는 대한상공인당을 지지합니다.

김종인 개혁신당 공천관리위원장

새바람을 일으키는
아이디어맨

정재훈 대표는 소신과 추진력이 남다른 사람입니다.

저와는 행정고시 동기라는 인연이 있습니다. 산업부에서 줄곧 공직 생활을 이어온 정재훈 대표는 특히 '아이디어맨'으로 유명했습니다.

알뜰주유소 아이디어를 내고 실현했을 뿐만 아니라, 부품소재 종합계획을 수립하는 등 우리 경제와 민생을 위한 정책들을 이끌어왔습니다.

정치에서도 새바람을 일으키리라 기대합니다.

소상공인과 사회적 약자들을 위한 정책정당의 길을 제시할 것이라 확신합니다.

우리 정치에 더 많은 다양성과 역동성이 필요합니다.

정재훈 대표와 대한상공인당이 큰 역할을 해주시리라 믿습니다.

김동연 경기도지사

행동파 지식인이자
마음 따뜻한 기업인

20년 전 토론토에서 새로 상무관(대사관에서 비즈니스를 지원하는 담당관)으로 부임한 정재훈 한수원 사장을 처음 만났다. 대사와 국내기업 지사장, 현지 교포 업체 대표들 간의 간담회 자리였다. 정재훈 사장은 정확한 통계와 규정을 언급하며 캐나다 시장에서 통하는 아이템 발굴에 대해 우리도 생각하지 못했던 아이디어를 쏟아냈다. 그리고 얼마가 지나자 신임 상무관에 관한 이야기가 토론토와 밴쿠버 그리고 몬트리올에까지 퍼져나갔다.

정재훈 사장은 우리나라 공무원에 대한 통념을 완전히 깨버리고 현장 중심의 행보를 이어갔다. 특히 세계한인무인협회 연차총회를 토론토에서 개최할 때도 여러 어려움이 있었는데 그럼에도 정재훈 사장의 도움으로 무사히 행사를 마칠 수 있었다. 그가 귀국한 뒤에도 유심히 한국에서의 활동을 지켜봤는데 다양한 보직을 거치면서도 교민들의 국제비즈니스를 도와주기 위해 노력했다. 무역정책국장 시절에는 관련 예산을 크게 늘려주었고 국회와 공동 행사를 지원해주기도 하였다.

한국산업기술흥원장 시절에는 세계한인무인협회와 공동사업을 기획해서 국내 중소·중견기업들이 개발한 신제품을 해외 교포무역인들이 현지에서 마케팅할 수 있는 플랫폼을 만들어주기도 했다.

　나는 인사가 만사라는 것을 정재훈 사장을 보며 줄곧 느껴왔다. 한번 약속하면 반드시 실천하고 정책을 만들면 끝내 관철시키는 보기 드문 행동파 지식인이자 따뜻한 마음을 가진 기업인이다. 지난 20년간의 관찰과 우정을 통해 정 사장이 더 큰 일을 해주었으면 하는 마음이 간절하다. 이런 소망은 비록 나 혼자만의 것이 아니라 내가 만나본 많은 기업인의 기대이기도 하다.

　그의 앞길에 더 큰 빛이 있기를 바란다.

이영현 세계한인무역인협회 명예회장

내가 존경하는
강원도 고향 선배

한국수력원자력 정재훈 사장님은 내가 대한전기협회에서 20여 년간 근무할 당시 산업부에 재직 중이셨다. 그때 전력기술 분야의 제도, 규정 등 현안 해결을 위해 많은 도움을 주셨다. 또한 고향이 같은 강원도 사람이라는 인연으로 이따금 반갑게 만나는 고향 선배이기도 하다.

정재훈 선배님은 초등학교 시절 고향 춘천을 떠났지만 서울에서 생활하면서도 강원도에 대한 애정은 어느 누구보다 깊다. 선배님의 그런 애향심을 실감한 일이 있다. 한수원의 의미 있는 행사를 일부러 강릉에서 개최한 것이다.

행사는 한국 수력 산업의 글로벌 경쟁력을 확보하겠다는 야심 찬 포부로 준비한 '대한민국 수력 산업 비전 선포식'이었다. 정재훈 선배님은 행정고시를 거쳐 산업통상자원부에서 잇따라 요직을 맡았다. 그때 쌓은 차별화된 전문성으로 정부 조직은 물론 관련 업계에서도 두루 능력을 인정받아왔으며 한수원 사장으로 취임해서도 1년여 만에 새로운 수력발전 비전을 제시해 이목을 집중시

컸다. 평소 선배님은 '가능성이 무한한 수력발전 시장을 다른 나라의 잔치가 아니라 우리의 잔치로 만들기 위해서는 적극적인 기술개발과 관련 산업 육성이 필요하다'라고 강조해 왔다. 그런 말을 들어온 터라 수력 산업발전을 위한 힘찬 발걸음을 내딛는 비전 선포식을 바라보는 나는, 감회가 남달랐다.

선배님은 또 '세계적으로 개발할 수 있는 수력자원이 아직 60% 이상 남아있고, 낡은 시설을 개보수할 시점에 이르렀기 때문에 우리가 차별화된 기술로 성과를 낼 수 있는 국내외 수력발전 시장이 무한하다'라며 수력발전 시장을 새로운 블루오션으로 확신하고 있었다.

그날 비전 선포식에는 대한전기학회 수력양수발전연구회와 한국수력산업협회 창립 회원사들 60여 개 업체 등 400여 명이 참가하여 한국 수력 산업의 장래가 밝음을 짐작게 했다. 최근 한수원의 신규 양수발전소 건설 최종 후보지로 강원도 홍천군이 충북 영동군, 경기 포천시와 함께 선정되었다. 이러한 결과에 강원도가 고향인 정재훈 선배님은 드러내놓고 표현은 못 했겠지만 매우 기뻤을 것이다.

선포식 자체도 강이 많은 강원도에 나름의 의미가 있겠지만, 행사를 강릉에서 개최한 이유가 따로 있었다는 얘기를 나중에 전해 들었다. 고향 후배인 나는 선배님에 대한 존경의 마음이 생겨났고 또 매우 흐뭇했다. 당초에는 행사 참여 인사들이나 교수님들의 편의를 고려하여 수도권 일원에서 개최하려 하였으나, 강원지역 산불 여파로 관광객이 줄어든 동해안 지역을 돕기 위해 강릉으로 장소를 변경했다는 것이다. 1박 2일이라는 짧은 행사였지만 조금이나마 고향 강원도에 도움을 주려는 선배님의 따뜻한 마음이 고맙게 느껴졌다. 선배님은 여기에 그치지 않고 최근에는 동해안 태풍으로 가장 피해가 컸던 삼척시에 직원들과 함께 찾아가 성금과 위문품을 전달하고, 피해 복구에 일손을 보태기도 했다고 한다.

선배님은 학창 시절은 물론이고 공직에 들어가서도 강원도 선후배들을 만나 격의 없이 정을 나누는 일에 누구보다도 열정적이었다고 한다. 재경 강원도 출신 공무원들의 구심점 역할을 하면서 강원도 발전을 위해 일에 적극적이었던 것을 그를 가까이에서 지켜본 사람들은 안다.

나는 그런 선배님이 문재인 정부에서 강원도 출신으로서는 처음으로 공공기관장을 맡게 됐다는 사실이 내 일처럼 기뻤다. 그래서 강원도 상공인의 한 사람으로서, 또 후배로서 축하의 인사를 보냈고 빛나는 성과를 간절히 기원하였다. 선배님이 한수원 사장 취임식에서 직원들에게 했던 말이 있다.

"변화를 두려워하지 말고 새로운 도약의 기회로 삼자"

사회 전반의 급격한 변화 속에서 뒤처지지 않으려면 위기를 기회로 삼아 도약할 수 있어야 하고 그러기 위해서는 평소에 준비해야 한다는 의미로 생각된다. 한국 수력발전의 새로운 패러다임을 만들어가고 있는 정재훈 선배님이야말로 우리나라 에너지 분야를 이끌 최고의 적임자이자 준비된 CEO이다. 또한 강원도의 에너지 분야를 견인할 확실한 일꾼임이 틀림없다.

　고향을 위해 헌신하는 선배님의 행보에 늘 아낌없는 박수를 보내고 싶다.

김한수 ㈜00기전 대표

공감과 소통으로
마음을 얻는 사람

초심의 열정으로 기업과 후배를 사랑하고 소통하는 사람

사람들은 무수한 인연을 맺고 살아간다. 나는 정재훈 전 한국산업기술진흥원(KIAT) 원장을 만나 같은 연배로서 호감이 갔고, 인생의 멘토와 같다고 생각했다. 그가 일하는 방식과 세상을 살아가는 모습이 마음에 들어서다.

정재훈 원장은 한국산업기술진흥원장에 취임하고 나서 매일 기업을 방문하다시피 했다. 정확히 그의 일과를 알지 못했던 나는 정재훈 원장이 2017년에 출간한 현장 소통 1,000일 리포트 칼럼집 'KOREA 必 HARMONY' 출판기념회에서 그것을 알게 됐다. 정재훈 원장은 출판기념회에서 그런 말을 했다. 취임일인 2013년 9월부터 퇴임일인 2017년 12월 말까지 1,580일, 주 5일 근무한 것을 기준으로 근무일을 계산하면 약 1,120일, 그 기간 동안 매일 기업을 방문했고, 그래서 기업 방문 및 간담회 등으로 만났던 기업인들이 1,200명이 넘는다고 했다. 숫자만 보면 날마다 기업을 방문했다는 얘기다.

나는 KIAT에서 정 원장을 모시는 이들의 이야기를 종종 듣곤 했는데 그들이 정 원장과 함께 기업을 방문한 이야기를 들을 때마다 참 재밌었다. 정 원장의 방문을 받은 기업인들이 처음에는 떨떠름하거나 귀찮은 표정을 짓는데, 간담회를 진행하다 보면 그 표정이 바뀐다는 것이다. 정 원장이 기업들의 애로 사항을 그 자리에서 80% 이상 해결(나머지 20%도 반드시 피드백)하고, 나아가 경영전략까지 조언해주기 때문이다. 사람들은 기업인들에게 적절한 해결책을 제시해 줄 수 있는 이유가 실무부처에서 오랫동안 근무하면서 생긴 노하우라고 말하지만 나는 그것만으로는 부족하다고 생각한다. 중소기업에 대한 깊은 애정과 고민, 진심이 있기에 나올 수 있는 결과라고 생각한다.

직원들에게 들은 얘기 중 가장 많이 회자되는 게 있다. 2016년 4월 어느 날 오후 평촌의 한 초등학교 운동장에서 건장한 청·장년 230여 명이 정재훈 원장을 둘러싸고 출근해달라고 간청했다. 당시 정 원장을 사표를 내고 출근하지 않아서였다. 정 원장이 사표를 낸 이유는 정부에서 시행했던 공공기관의 임금제도 때문이었다. 그 제도를 직원들은 받아들일 수 없다고 했고, 정 원장은 직원들을 이해시키지 못한 자신의 책임이 크다며 사표를 냈다. 하지만 KIAT 임직원들이 정 원장을 찾아가 복귀해 달라고 요청했다. 그 일이 있고 일주일 후 정부에서 시행한 임금제도가 KIAT에 도입이 되었고, 2주 후 정 원장은 혁신적 인사를 발표하며 출근하였다. 나는 그 얘기를 듣고 문제가 있으면 정면 돌파하는 전장의 장수를 떠올렸다. 그렇다고 그가 앞으로 돌진만 하는 것은 아니다. 부하직원들의 경조사에 늘 함께하고, 자기희생을 통해 조직 발전에 기여한 이들은 언제나 챙기는 의리도 있었다.

경청하는 사람

조직에서 의사결정을 하는 위치가 되면 부하직원들의 말에 귀 기울일 짬이 없다. 한정된 시간 동안 사실관계를 보고받고 의사결정을 해야 하기 때문이다. 더구나 보고가 길어지면 '그래서 하고자 하는 게 뭐야?', '결론이 뭐야?'라고 말을 자르게 된다. 하지만 정재훈 원장은 아무리 시간이 촉박해도 중간에 말을 자르지 않는다. 끝까지 들어주기 때문에 보고하는 '재미'가 있고, 보고자는 더 많은 정보를, 더 많은 방안을 보고하게 된다고 한다. 설령 자신이 제출한 보고서가 기각되더라도 기분이 나쁘지 않다고 한다. 정 원장처럼 직원들의 말을 경청하는 것이야말로 리더가 갖춰야 할 덕목이라고 생각한다.

이런 일도 있었다. 정재훈 사장이 한국수력원자력 사장으로 취임한 후 원자력발전소에 납품하는 중소기업 CEO 간담회가 있었는데 정부의 탈원전 정책에 불만을 품은 중소기업 사장이 소동을 일으켰다.

"기름밥만 40년 먹고 원자력 산업에만 전념했는데, 물량이 없어 회사가 망하게 됐단 말이야. 정 사장! 당신이 망해본 사장 심정을 알아?" 험악하게 소리를 질렀지만 정재훈 사장은 의연한 표정을 지으며 담담하게 자신의 얘기를 들려주었다. "압니다. 제 동생도 사출성형하는 중소기업인인데 작년에 회사를 정리하면서 저

와 함께 목놓아 울었습니다. 제가 여기 있는 것은 저의 작은 힘을
보태서 원자력 산업의 생태계를 살리기 위해서입니다. 그러니 저
를 믿어주십시오."

　정재훈 사장의 이러한 대처에 일감 부족으로 절박한 상태였던
중소기업 사장들이 이성을 잃지 않고 정 사장이 내놓은 대안과 대
책에 경청했다고 한다. 나는 40년 동안 국산화와 수출보국으로
국가 기간산업에 근간을 이룩한 1세대로서 자부심을 갖고 있다.
하지만 탈원전 정책으로 회사 운영이 어려워 더 이상 지탱할 수
없게 됐을 때 정재훈 사장이 정책 자금 지원과 동반 성장 지원으
로 재기할 수 있는 기회를 얻게 해주었다. 아마도 정재훈 사장은
한수원 사장으로 있으면서도 한수원 협력사들에게 그런 기회를
제공하고 있을 것이라는 생각이 든다. 어려울 때 도움을 주는 따
뜻한 동반자가 있다면 중소기업 사장들도 어려움을 이겨내고 강
소기업을 만들기 위해 힘쓰게 될 것이다.

봉사와 나눔이 체화된 사람

　정재훈 사장은 기업인들을 위한 동반자이기도 하지만 사회적인
약자에게도 관심을 쏟는 사람이다. KIAT 취임 초기 그는 적극적
으로 사회공헌 활동을 진행하게 하였다. 그리고 스스로 봉사와 나
눔 활동에 앞장섰고, 그러한 활동은 퇴임 때까지 꾸준히 이어졌
다. 나중에 알고 보니 그것뿐만 아니라 개인적으로도 몇몇 시설과
개인들을 지원하고 후원했다고 한다. 뭐든지 꾸준하게 하는 것은
쉽지 않다. 경제적인 문제도 그렇지만 시간을 내기 쉽지 않아서

다. 그런데도 퇴임 때까지, 그 후에도 개인적인 후원을 계속하는 걸 보면 마음속에 사회적 약자에 대한 애정이 있는 것 같다.

정재훈 사장은 한수원 사장으로 재임하면서도 거의 매일 같이 국산화 개발을 위해 중소기업을 방문하여 소통했다. 또 화상회의를 통해 중소기업 간담회를 하며 불편한 사항은 즉시 방안을 강구해서 이를 개선토록 했다.

일에 있어서도 열심이지만 또 자신의 내적 성장을 위한 일도 게을리하지 않는다. 페이스북을 통해 매주 주말마다 세계 음악과 미술 작품에 대해 설명한다. 나는 예술에 문외한이지만 그것을 접할 때마다 흥미롭게 읽으면서 예술에 대해 하나씩 배워 가고 있다. 국내·외 출장 등으로 바쁜 중에도 경주 지역 전통시장에서 장을 보고, 채소를 파시는 할머니에게 건강하시라 다정한 인사도 건네고, 병약한 아버지를 극진하게 모시고, 가족과 함께 다복한 시간을 보내는 정재훈 사장을 보면 인간적인 매력이 물씬 느껴진다. 일에 있어서는 단호하고 냉철하지만 또 약자를 위해서는 따뜻한 마음을 나누어 줄 수 있는 사람, 다른 이의 말을 경청하고, 그것을 통해 공감과 소통을 하는 사람, 순수와 열정을 가진 사람, 내가 아는 정재훈 사장의 모습이다.

이영도 ㈜가온네트웍스대표

행동하는 양심으로
실천하는 분

2010년 9월 한 행사장에서 한국수력원자력 정재훈 사장님을 처음 만났다. 화려한 행사장의 분위기에 한껏 들떠, 뛰어다니는 아이들 사이로 조용히 고개를 숙이고 있는 아이 하나를 유심히 지켜보시던 분. 바로 정재훈 사장님(당시 지식경제부 실장)이다. 산업통상자원부(전 지식경제부)와 지역아동센터가 '사랑의 울타리'를 맺는 협약 현장! 산업통상자원부 산하의 기관과 지역아동센터(복지시설 중 가장 열악한) 사이에 1기관 1시설 자매결연을 통해 안정적 지원을 하는 '사랑의 울타리'는 정재훈 사장님의 작품이었다.

정재훈 사장님은 '행동하는 양심으로 실천하는 분'이시다. 행사를 마친 후 우리 기관을 찾으신 사장님은 그날 보셨던 그 아이에 대해 물으셨다. 아픈 할머니와 동생이 유일한 가족이었던 아이. 그 길로 나를 앞장세워 그 아이의 집을 찾으셨다. 도심 속 비닐하우스 사이로 질척이는 흙길을 한참 걸어가 아이의 집을 둘러보셨다. 그 후로 매월, 사장님은 아이의 집을 찾으셨다. 바쁘신 일정 중에서도 틈을 만들어 소소한 과일부터 양손 가득 장난감을 들고

아이를 만나셨다. 그 발걸음은 십 년이 지난 지금까지 이어지고
있다. 경주로 가신 후 빈도가 줄 수밖에 없지만 아직도 사장님은
아이를 돌보고 계신다.

　복지 현장에서 많은 분과 함께 한 지 이십 년이 훌쩍 넘은 사회
복지사지만 누군가가 나에게 가장 존경하는 분을 물으면 나는 망
설이지 않고 정재훈 사장님을 꼽는다. 그 시작이 된 에피소드를
함께 나누려 한다. 어느 날 그 아이의 할머니를 돌보는 요양보호
사에게서 연락이 왔다. 할머니 혼자 있는 시간, 사장님이 다녀가
셨는데, 할머니가 토해놓은 것을 손수 다 치우고 가셨다고, 할머
니가 너무 죄송해서 어쩌냐고 계속 걱정하신다고 했다. 마음이 찡
했다. 밖에는 분명 함께 간 수행인력이 있었을 텐데 아무 말씀하
지 않으시고 조용히 그 방을 치우신 분을 존경하지 않을 수 없다.

　정재훈 사장님은 많은 아이의 '산타클로스'이다. 한번 맺어진 인
연과 약속을 소중히 여기며 한 해도 거르지 않고 아이들을 찾고
계신다. 그 사이 사장님이 소속된 기관은 산업통상자원부에서 한
국산업기술진흥원으로, 한국수력원자력으로 바뀌었다. 그러나
사장님은 어느 곳에 가시든 한결같이 아이들을 찾으신다. 산타복
을 입고, 선물이 한아름 든 꾸러미를 매고, 아이들의 이름을 하나
하나 불러주신다. 처음 만난 해, 우울한 초등학교 3학년이었던 그
아이가 이제 고3이 되었다. 아이가 얼마 전 얘기했다. 전국기능경
기대회에서 어려움이 닥쳐 포기하고 싶었을 때, 주마등처럼 떠오
르던 모습이 아저씨(정재훈 사장님을 아이는 아저씨라고 부른다)

였다고, 응원하는 아저씨를 실망하게 하고 싶지 않아 포기할 수가 없었다고 했다. 아이는 포기하지 않았고 장려상을 받았다.

　정재훈 사장님은 '메아리' 같은 분이다. 그분이 가시는 곳마다 조직과 지역 사회에서 선한 문화의 미동이 시작된다. 미동은 진동으로, 진동은 파동을 거쳐 메아리가 되고 우리 사회가 더 건강하고 따뜻한 공동체로 거듭날 수 있다고 하신 정 사장님의 칼럼집 '코리아 필 하모니'의 문구에서 그분의 신념을 읽은 기억이 있다. 나는 지난 십 년간 그것이 실천되고 행동화되는 모습을 지켜보았다. 부임을 하시면 사회공헌 활동을 조직화하고, 지시가 아닌 함께 뛰는 모습으로 실천하신다. 그 모습을 보며 주변에는 진동을 키워 파동으로 확장하는 협력자가 함께 성장한다. 이러한 시스템을 통해 임기를 마치고 이직을 한 후에도 사장님이 일으킨 미동은 메아리가 되어 계속된다. 사장님과 함께 선한 메아리는 건강하고 따뜻한 대한민국을 만들어갈 것이다. 그 메아리가 방방곡곡 퍼질 수 있게 사장님의 더욱 큰 역할을 기대해본다.

박지혜 과천시립부림지역아동센터

힘들 때 짐을 같이
들어주는 친구

우연히, 아주 우연히 만나서 누구에겐가 좋은 사람, 따뜻한 사람, 존경받는 사람으로 남는 건 쉽지 않은 일 같다. 특히 부부가 함께 따뜻하기는 더더욱 그럴 것이다. 지금부터 소개하고 싶은 분이 바로 그런 분이다.

우리 집에서는 두어 달에 한 번씩 월남쌈 파티를 한다. 오고 싶은 사람은 누구든 와도 된다. 처음에는 나의 지인만 왔지만 그다음엔 지인의 지인들까지 와서 반가운 손님이 된다. 그분은 김규민이라는 후배 가수의 지인이셨다. 물론 지금은 조직이라 얘기할 만큼 가까운 나의 지인이 되었다. 어느 공직에 계신다 했는데, 분명 설명도 해줬는데 지금도 헷갈린다. 그냥 나는 지금까지 원장님이라 부른다. 2014년에 만났으니 그분을 아시는 분은 알아서 정리하시길….

우린 처음부터 어색하지 않았다, 오래된 친구처럼. 오시기 전까지는 공직에 계신다는데 얼마나 높은지는 잘 모르겠지만 내가 좀 어렵게 생각하고 조심해야 하지 않을까라고 생각했다. 그런데!

음, 참 인상 좋은 부부가 오셨다. 인사한 뒤 어색함이나 조심스러운 건 거기까지!!!

맛있는 음식을 먹고 게임을 하고 깔깔깔 웃고. 식사 후 입가심은 라면.^^ 그런데 라면을 보시는 눈이 유난히 빛났다. 집에서는 못 드시는 거란다. 건강을 위해서 옆지기가 안 주시나 싶었다. 좋은 정보를 알았으니 다음번 초대 때부터 항상 라면을 드시겠냐고 큰소리로 말씀드린다. 번번이 그 작전이 먹힌다.^^

어느 날 출판기념회를 한다고 초대해 주시더니 판매 수익금을 전부 해밀학교에 기부해 주신단다. 친구는 힘들 때 짐을 같이 들어주기도 하는 거라며, 다문화 인구가 늘고 있으니 교육이 답이라고 하셨다. 이 감사함을 어떻게 갚을 수 있을까. 참! 내게도 무기가 있었지. 난 노래를 선물하고 싶다고 했고 그날의 감동을 담아 감사하는 맘으로 노래했다.

새로운 일터로 가시기 전 잠시 쉬셨던 적도 있었다. 사실 그때는 자주 만나서 좋았다.^^ 이번 일터 역시 좋은 곳이고 엄청 책임이 막중한 곳이라는 말만 들었는데 직접 볼 뜻밖의 기회가 생겼다. 그곳엔 전국의 학생들 그리고 많은 사람이 견학을 간다고 했다. 우리 해밀학교도 견학을 갔다. 우와! 원전이다. 그날 경주의 모 고등학교 학생들과 함께 견학하면서 퀴즈 시간에 우리도 하나 맞추기까지 했다. 위트있는 진행자 덕분에 지루하지 않고, 원전에 관한 내용이 머리에 쏙쏙 들어왔다. 어릴 때 경주 수학여행을

나만 못 갔었기에 이번에 내가 수학여행 간 듯이 행복했다.^^

한수원 덕분에 나도 수학여행 다녀왔다아아아아아아아아아아 ㅎㅎㅎ!!!

예술에 대한 안목도 뛰어나셔서 페이스북에 유명한 예술작품 사진을 올리시며 설명도 근사하게 해주시는 분. 요즘 하시는 일도 페이스북에 자주 올리시는데 난 댓글을 잘 달지 않는다. 그냥 지켜드리고 싶다. 이럴 땐 내가 연예인이라는 게 불편하기도 하다.

부부가 똑같이 섬세한 예술적 감각과 따뜻함의 가치를 알고 행하는 분들. 그런 멋진 분을 알고 있으니 난 참 행운아이다! 정재훈이라는 그분께 나의 친구가 되어주셔서 고맙다는 인사를 하고 싶다. 사람 냄새나는 이분, 어디에 계시든 우리의 우정이 계속되기를 기대한다!!

가수 인순이

꾸준한 사람,
정재훈

나는 다른 이에게 어떤 사람일까? 가끔 이런 생각을 해보면 한없이 부끄럽기만 하다. 그러면서 스스로 반성하곤 한다. 또 그럴 때면 떠오르는 한 사람이 있다. 내 마음속 롤모델 같은 사람, 바로 정재훈 사장이다.

그를 한마디로 표현하면 '꾸준함으로 감동을 주는 사람'이다. 어찌 사람이 모든 면에 완벽할 수 있을까? 내가 보기에 그는 완벽해 보이지만 그것보다는 꾸준함으로 사람들에게 감동을 주는, 그 모습이 매력적인 사람이다. 나는 그것을 닮고 싶다.

그의 꾸준함의 하나는 예술에 관한 칼럼이다. 그는 매주 일정한 시간에 페이스북에 음악과 미술에 대한 글을 게재한다. 음악과 미술을 소재로 인문학 칼럼을 쓰는데, 해외 출장을 가서도 그것을 빠뜨리지 않는다. 어떨 때는 바쁜 일정을 쪼개어 출장 중인 도시의 미술관을 찾고 그것을 소개해 준다. 게다가 그의 인문학적 지식의 폭이 매우 넓어서 음악을 전공하는 내 입장에서도 배울 점이 많다.

그의 꾸준함의 또 하나는 바른길이다. 올바른 공직자의 길을 걷기 위해 그는 오래전부터 스스로의 몸가짐을 바르게 하였다. 오랜 공직기간 동안 그리고 유혹이 없었을까? 권력의 유혹, 돈의 유혹이 있었을 것이다. 하지만 그는 세상의 유혹을 과감하게 떨쳐내고 꾸준하게 바른길을 걸어왔다. 그러한 그의 발자취는 비리와 반칙이 난무하는 요즘 시대에 찾아보기 힘든, 어떤 일을 하던 준비가 되어 있는 사람임을 알게 한다.

그의 꾸준함을 얘기할 때 빼놓을 수 없는 것은 관계이다. 그는 한번 인연을 맺은 사람과는 꾸준히 관계를 맺는다. 그것도 형식적인 것이 아니라 따뜻하고 진정성 있게 대한다. 나는 그의 진정한 마음과 사람에 대한 성실함에 놀라움을 금치 못하곤 한다. 그것은 노부를 섬기는 그와 그의 가족 모두에게서 보인다. 또한 상대방의 고민과 어려움에 귀 기울이고 어떤 방법으로든 도움의 손길을 건네려 하는 사람. 그가 내가 본 꾸준한 사람, 정재훈이다.

지휘자 서희태